ハーレクイン文庫

伯爵が遺した奇跡

レベッカ・ウインターズ

宮崎亜美 訳

HARLEQUIN
BUNKO

THE COUNT'S CHRISTMAS BABY

by Rebecca Winters

Published by Harlequin Japan, a Division of K.K. HarperCollins Japan, 2023

伯爵が遺した奇跡

◆主要登場人物

クリスティン・アーガイル……………大学院生。愛称サミ。
リック・アーガイル……………サミの息子。
アルベルト・エンリコ・デジェノーリ……伯爵。海運会社経営。愛称リック。
ヴィトー・デジェノーリ……………リックの弟。海運会社経営。
クラウディア・ロッシ……………リックの妹。
マリオ……………リックの秘書。
マーラ……………リックの別荘の家政婦。
ダイモン……………リックの別荘の使用人。マーラの夫。
カルロ……………リックの警護責任者。

1

「パット？　私よ」

「今どこにいるの？」

「〈グランド・サヴォイア〉の部屋よ。昼食をとっているところ。姉さんの言うとおりにしてよかったわ。何もかもそろっていて快適。お膳立てしてくれてありがとう」

「どういたしまして。かわいい甥っ子はどうしてる？」

「またお昼寝を始めたわ。その間に昨日やり残した荷ほどきの続きをしようかと思って」

「どうして昨日寝る前に電話で様子を知らせてくれなかったの？　ジェノヴァに着いたっていうメールだけじゃ、さっぱり様子がわからないわ。一日中、連絡を待っていたのに」

「ごめんなさい。ホテルに着いてからいろいろ調べはじめてしまって。電話帳には目当ての人の番号は載っていなくて、ホテルのフロントに相談したの。そこで紹介された英語を話せる電話交換手がとても親切でね」

「どうして？」

笑い事ではない状況なのに、姉の怪しむような口調にサミはつい噴き出してしまった。

「女性の交換手だから口説かれる心配はないわ。その人、私が困っていると聞くと、とても熱心に、思いつく限りの方法で助けてくれようとして。でも、電話のあと疲れちゃって連絡できなかったの」

「いいのよ。それで、これからどうするつもり？」

「交換手は警察に電話したらどうかと言って、旅行者支援課の電話番号を教えてくれたの。そこなら英語を話せる人もいるそうよ。道に迷ったりトラブルに巻きこまれたりした外国人からの電話の応対に慣れているから、力になってくれるだろうって言うの。このあとすぐにかけてみるつもり」

「それでもだめだったら？」

「そのときは予定どおり、明日の午前中の便で帰国して、このことは忘れるわ」

「そうしてほしいものね。本音を言うと、このままわからずじまいで終わればいいと思っているの。知らないままでいるほうがいいことだってあるわ。知ってしまうと、かえってつらくなるかも」

「どういうこと？」

「今言ったとおりよ。やめておけばよかったと後悔するはめになるかもしれないわ。世の中、あなたみたいな善人ばかりじゃないのよ、サミ。あなたが傷つくのを見たくないの」

「また姉さんの第六感？」

「そうじゃないわ、ただ心配しているだけ」妹のイタリア行きは無駄になると、パットは確信しているようだった。たぶん、そのとおりなのだろう。

「相手がここにいなかったら帰るから」

「幸運を祈らないからって悪く思わないで。今夜、寝る前に電話して。何時になっても構わない。いい？」

「わかったわ。じゃあね。愛してる」

「私も」

サミは電話を切った。姉の言ったことは正しいのだろうか。やはり我が子の祖父を捜すのは間違っている？ 真実を知ったら、相手は知らないうちに自分が祖父になっていたことにショックを受けるかもしれない。結局お互い気まずくなり、私もここへ来たことを後悔するだろう。

パットはそれを心配しているのだ。

正直に言えば、サミも心配だった。でも、ここまで来たからには最後までやり抜いたほうがいい。そうすればけりがついて、前に進むことができる。

サミはメモした番号に電話をかけた。もしもしと言うと、相手も英語に切り替えた。

「どうしました？」

無愛想な物言いに、サミは躊躇した。「旅行者支援課ですか？」

「そうですが……」

「教えていただきたいことがあるのですが」

「どんなことでしょう？」

「ジェノヴァ在住のアルベルト・デジェノーリという男性を捜しているのですが、市の電話帳には載っていないんです。彼を捜しにアメリカから来ました。できれば……」そこで言葉を切った。話を聞いてくれていたはずの相手が、電話の向こうでだれかと早口のイタリア語で話しだしたのだ。

まもなく別の人の声も聞こえてきた。会話は一分以上続き、やがて最初に応対した男性が言った。「名前の綴りを教えてください」

サミが教えると、電話の向こうでまたイタリア語の会話が始まった。

やがてこう告げられた。「警察署に来てコレッティ署長と会ってください」

署長ですって？「今すぐですか？」

「もちろん」電話が切れた。

サミは妙な対応にとまどったが、少なくとも厄介払いされたわけではないと自分に言い聞かせた。何か事情があるのだろう。

次にフロントに電話をかけて、ホテル専属のベビーシッターを頼んだ。昨日紹介された人は、安心して赤ん坊を預けられそうだった。シッターを待つ間、メイクを直してスーツの上着をはおった。

リックことアルベルト・エンリコ・デジェノーリ伯爵の携帯電話の番号を知っているのは四人だけだ。その電話が鳴ったとき、婚約者のエリアナが、これからキプロス島へ出張に行く自分を引きとめようとしてかけてきたのかと思った。彼女はしょせん父親の操り人形だ。

リックはまもなくイタリア有数の実業家の義理の息子となる身だった。そしてエリアナの父親は、リックの生活すべてを支配しようとしていた。だからこそ、キプロス島でひそかに準備を進めている事業については、結婚式の前に手を打っておく必要があるのだ。

エリアナも、この結婚に愛などかけらもないことはわかっているに違いない。すべては金のため。だがリックとしては、一度誓いを立てた以上は夫としての務めを果たすつもりだった。とはいえクリスマスイブまでは、自分の時間と事業は自分だけのものであり、未来の義父に手出しできるはずもない。

視線をパソコンから携帯電話の画面に移すと、屋敷にいる秘書からの連絡だとわかった。

リックは電話に出た。「マリオ？」

「お忙しいところ申しわけありません、旦那さま」マリオは三十五年間デジェノーリ家の秘書を務めている。昔かたぎで、家督を継いだリックへの丁重な態度をかたくなに崩そうとしない。「コレッティ警察署長から電話がありまして、お話があるとのことです。大至急とおっしゃるのですが、詳しいことはわかりません。署長の携帯電話にご連絡いただけますか？」

主人の生活をすべて把握しているマリオは、この電話にさぞとまどっただろう。実際、署長が詳しいことを言わなかったと聞いて、リックも胸騒ぎがした。署長の電話がデジェノーリ家にさらなる悲しみをもたらすのではないかと思ったからだ。すでに一家は人生数回分の悲劇に見舞われたというのに。

「番号を教えてくれ」電話番号を書きとめたあと、マリオに礼を言って電話を切り、教えられた番号にかけた。「シニョール・コレッティ？　エンリコ・デジェノーリだ。何かあったのか？」

署長と話すのは、一月の雪崩事故で亡くなった父の葬儀以来だった。署長は、父の遺体を乗せた飛行機を空港で出迎えたジェノヴァの要人の一人でもある。あの週末にオーストリアで起きた事故のことを思い出すたび、リックの胸は締めつけられた。事故で人生が一変してしまったのだ。

「お忙しいところすみません。実は署にアメリカから来たという女性が訪ねてきて、ジェノヴァ在住のアルベルト・デジェノーリを捜しているというのです」

それを聞いて一瞬リックは胸を躍らせたが、すぐに喜びはしぼんだ。もしその女性が僕を捜しているなら、リック・デジェノーリと言ったはずだ。

リックと父親は同名だが、父はアルベルト、リックはエンリコで通っていて、リックと呼ぶのは弟妹だけだった。それに、父とともに雪崩に巻きこまれたあの女性だけ。

「その女性は父が亡くなったことを知っているのか？」

「知っているとしても何も言いませんでした。正直なところ、様子を探りに来たという感じがしました」署長は咳(せき)払いをし、静かに続けた。「生死にかかわることだから、ぜひ捜してほしいというのです」

何だって？

「やけに思わせぶりなので、私から何か言う前にまずあなたにお知らせしたほうがいいと思いまして」

慎重な対応が必要だ。頭の中で警報がけたたましく鳴り響き、リックは思わず革製のソファから立ちあがった。これまでにも、あらゆる手を尽くして家名をスキャンダルから守ってきたのだ。

だがあいにく、父の過去についてはリックにもどうにもできなかった。デジェノーリ家の一員とはいえ、彼は父とは似ても似つかなかった。外見にしても母似であり、傍目(はため)には二人が父子だとはわからないほどだった。

リックが何より心配なのは、父の好色が自分の人生に思わぬ惨事を招くのではないかということだった。新年を迎える日に挙式を控える身としては、この期に及んでの不測の事態は何としても避けたい。それほどこの結婚は大きな意味を持っていた。

父が他界してからまだ一年もたっていない。母が一年四カ月前に肺炎で急逝してから、父が何人もの女性と付き合ってきたことは秘密でも何でもなかった。たとえ一文無しでも、女性はあの人をほうっておかないと、母が生前語っていたことを思い出す。母は父の浮気をずっと大目に見てきたのだ。

リックはそこまで寛容になれなかった。警察署を訪ねてきた女性が一家をゆすったり、父の遺産分与を要求したりするつもりなら、僕とは面識がなく、何か勘違いしているに違いない。「彼女の名前は?」

「クリスティン・アーガイルです」

心当たりのない名前だった。「既婚者? それとも独身?」

「わかりません。パスポートには記載がなくて。ただ指輪はしていません。まず旅行者支援課に電話して、私のところに回されたようです。初めはたちの悪いいたずらかと思ったのですが、ひどくしつこいんですよ。あなたのお父上のことなので、まずはあなたの意見をうかがったほうがいいと思いまして。追い払うのはそれからでも遅くない」

「配慮ある対応に感謝するよ」リックは穏やかに言ったが、実ははらわたが煮えくり返っていた。ジェノヴァ警察署長を訪ねたのはなかなか賢い作戦だ。それほど大胆な行動に出るということは、デジェノーリ家が公にしたくないような父の弱みを握っているつもりなのだろう。何ともわかりやすい女だ。

父がその女と知り合ったのは、昨秋の仕事がらみのパーティの席だったのかもしれない。そのころから父は、妻の喪に服すのはもうたくさんだと考えるようになったのだ。外国人VIPをもてなすその手のパーティでは、内輪で賭け事も行われる。たとえば港に停泊するヨットなら、警察の目も届かない。

パーティ会場では、アメリカ人女優の卵など、女ならより取り見取りだったはずだ。だが、父の最後の火遊びの不始末で一族の名声に傷がつき、金銭的にもダメージを受けるとなれば大問題だ。

そんなことは許すわけにいかない！

少しでもマスコミに話がもれたら、将来の計画はだいなしだ。そう思うとリックは無性に腹が立った。亡くなった母の資産までエリアナの父親の勝手にされないためにも、キプロスの件は結婚式の前に必ず片をつけなければ。だれにも邪魔はさせない。

「すまないが（ベル・ファヴォーレ）、僕がそっちに行くまで署で待たせてくれないか。彼女の前では称号をつけずにシニョール・アルベルト・デジェノーリと呼んでくれ。今から行く」もし父に貴族の称号がなければ、彼女が父と付き合うこともなかっただろう。チャンスと見れば迷わず飛びつく強欲な本性を暴くまでは、こちらも調子を合わせよう。

「わかりました。彼女は今は外出中ですが、もうすぐ電話が入るはずです。これからいらっしゃるということなら、そう伝えておきます」

リックは考えをめぐらせた。「このことは他言無用だ」

「デジェノーリ家に対する私の忠誠を疑っていらっしゃるのですか?」

「そうじゃない」リックは無意識に髪を指ですきながら、〈デジェノーリ海運〉のオフィスから窓の外をぼんやりと眺めた。この建物は百五十年前からイタリアの重要な港町ジェノヴァを一望する場所に立っている。「すまない、だが一族のこととなるとつい……」

「わかりますよ。ですが、私を信頼してください」

「ありがとう(グラッツィエ)」かすれ声で言い、リックは電話を切った。

どんな内容であれ、リックは今回の件を弟妹に話すつもりはなかった。ヴィトーもクラウディアもすでに充分苦しんできた。クリスマスまであと一週間というときに、これ以上つらい思いはさせたくない。何としても自分一人の胸の内におさめなければ。

運転手に裏口まで迎えに来るように伝えてから、ボディガードと一緒にオフィスを出た。この問題には慎重に対処する必要がある。空港へ行くのはそれからだ。

サミは今日二度目となるタクシーの支払いをすませると、不安な気持ちでジェノヴァ警察の前に降り立った。署長の話では、部下の一人が目当ての人物の電話番号を突きとめ、連絡が取れたという。

奇跡だわ！　あの電話交換手の協力がなければ、とても見つけられなかった。さんざん探しても何の手がかりもなく、あきらめかけていたのだ。

この面会がどういうものになるにせよ、息子のためには初志を貫かなければ。孫がいたなんて、ミスター・デジェノーリには晴天の霹靂だろうけれど、あの子には父方の親族のことを知る権利がある。

もちろん、今はまだ幼いから何もわからない。息子を父方の親族に引き合わせ、将来の環境を整えてやるのは私の責任だ。もっとも、ミスター・デジェノーリが孫を認めてくれればの話だけれど。もし彼にその気がないなら、リノに戻って一人で息子を育てるまでだ。やるだけのことはやったのだから、それで罪悪感を覚えることもない。

警察署の中は午後四時になっても相変わらずあわただしかった。訪問者や警察官でごった返す署内には煙草の煙が立ちこめ、鼻と目に染みる。ロビーのテーブルに飾ってあるキリスト生誕の場面を再現した模型を見て、もうすぐクリスマスだと気づいた。あいにくまだ何の準備もしていない。リノを発つ前は、クリスマスよりもっと大事なことで頭がいっぱいだったのだ。

一度来たので、どこへ行けばいいかはわかっている。廊下に進もうとしたとき、一人の男性が足早に横をすり抜け、突き当たりの角を曲がっていった。背が高く、茶色のスーツを優雅に着こなしていた。年は三十代半ばくらいだろうか。しっくりくる言葉が思い浮かばないが、力強さと存在感を当たり前のように自然に身にまとっていた。

サミは色目を使ってくる何人もの男性や警察官をやり過ごして廊下の角を曲がり、署長室の受付に来た。さっきもいた制服姿の男性の受付係以外には誰もいない。あの男性はどこへ行ったのだろう？

サミが椅子に座ると、受付係が受話器を取った。訪問者が来たことを署長に知らせているようだ。電話を切った受付係は、中へどうぞと告げた。サミは紺色のブレザーの袖についた髪を払ってから、礼を言って署長室のドアを開けた。

驚いたことに、さっきロビーで追い越していった謎の男性が、執務机の横で署長と話していた。署長が取り込み中なのは明らかなのに、なぜ通されたのかわからなかった。

男性はたくましく引き締まった体の持ち主だとひと目でわかった。サミは目元と口元に刻まれたしわに視線を移した。気のせいかもしれないが、黒い瞳がこちらを見たとき、鋭いまなざしに敵意がこもっているように感じられた。男性にそんな目で見られることなどめったにないのに。

平均的な身長のサミは、いやでも彼を見あげることになった。彼には独特な魅力があり、とくに生え際が印象的だ。漆黒の髪をこんなふうにうしろに撫でつけてあると、地中海人特有の顔立ちとオリーブ色の肌が引きたつ。

署長がイタリア語のアクセントの強い英語で話しだしたとたん、サミは我に返った。

「シニョリーナ、こちらがシニョール・アルベルト・デジェノーリです」

サミは落胆した。私が捜しているのはこの人じゃない。でも親戚かも？「はじめまして」小声で言い、手を差し出したイタリア人男性と握手した。力強い握手は彼の人柄そのものを感じさせた。

「はじめまして、シニョリーナ」流暢な英語は完璧で、イタリア語のアクセントはまったくなかった。深みのある声に、サミは思わず身震いした。勘違いかもしれないけれど、この声には聞き覚えがある。

いいえ、そんなはずないわ。彼とは初対面なのよ。

「顔色が悪いな、シニョリーナ。大丈夫ですか？」

「ええ……」サミは近くの椅子の背をつかんだ。「その……私が捜している人ではなかったので、がっかりしてしまって」口ごもりながら、また男性を見た。「名前は同じだけど……ずっと若いわ。ジェノヴァに住むアルベルト・デジェノーリは一人ではなかったんですね」

彼は首を振った。「いや、一人です」

「それがあなただと？」

「そうです」

「スイスのジュネーヴをジェノヴァと勘違いされているのではないかな」署長が口をはさんだ。「綴りが似ているから混同するアメリカ人が多い」

サミは顔をしかめた。「その可能性はあります。私が捜しているミスター・デジェノーリは船会社に勤めていらっしゃるのですが」

「船会社はレマン湖畔にもあるでしょう」

「でも、その人はイタリア人なんです」

「スイスに住むイタリア人はおおぜいいますよ」

「それはわかっています」イタリア語と英語の発音の違いのせいで、間違えてしまったのだろうか。間抜けにもほどがある。ずっと勘違いしていたなんて。「教えてくださってありがとう」サミはデジェノーリを見た。「警察署までいらしていただいたのに、無駄足になってしまって申しわけありません。ご迷惑をかけたことをどうかお許しください」

「その人の特徴をもう少し詳しく教えてもらえませんか?」

「年齢は六十代だと思いますけど、はっきりとはわからないんです。本当にごめんなさい。突然の話にもかかわらず来てくださって、ありがとうございました」サミはコレッティ署長のほうを向いた。「お手間を取らせてしまってすみませんでした。ご親切に感謝します。もう失礼しますので、お仕事に戻ってください」

サミの言葉に、署長はいぶかしげに目を細めた。「ここに来たときは、ずいぶんせっぱつまっていた様子だったのに。私はいったん席をはずしますから、お二人でどうぞごゆっくり。きちんと話をしてはいかがですか……あれこれと」

あれこれと？「どういう意味ですか？」

「おやおや、やぼなことを」署長が答えた。

不快な当てこすりに、頬がかっと熱くなった。「さっきから私がここに来た理由を変に勘ぐっていらっしゃいますけど、全部見当違いだわ」サミは思わずまくしたてた。このとき初めて、こちらをじっとにらんでいる男性と二人きりになることに、なぜか自分が気おくれしているのだと気づいた。「結局のところ尋ね人は見つからなかったのですから、これ以上お時間を取らせてもしかたありません。ご迷惑をおかけして本当に申しわけありませんでした」

コレッティ署長が意地悪な笑みを浮かべた。「どうしたんです、シニョリーナ？　生死にかかわることだと言っていたのに」

「それは本当です」声が震えているのが、我ながら腹立たしい。

「では、説明してください」

「思わせぶりだったことは自分でも認めます。でもまわりに迷惑をかけたくないので、できるだけ慎重に行動したいんです。昨日一日調べても何もわからず、しかたなくここに来ました。いずれにしても、私が捜しているのはもっと年上の男性です。もしかしたら七十代前半かもしれません」

サミは食い入るようにこちらを見つめるデジェノーリの漆黒の瞳に吸いこまれ、一瞬、時がとまったかと思った。「シニョール・コレッティ……少し二人きりにしてもらえないか」

「もちろん構いませんよ」

署長が出ていくと部屋は静まり返り、サミの鼓動だけが大きく響いた。その音が相手に聞こえたとしても不思議はない。

デジェノーリが口元をゆがめてサミに近づいてきた。「ずいぶん秘密主義なんだな」彼も私に興味があるのだと、サミは確信した。彼の声には確かに聞き覚えがある。でも、どこで？　一年前にヨーロッパを訪れたときも、イタリアには来ていない。

サミはバッグの中を探りながら必死に記憶の糸をたぐり寄せようとした。じっと待っている彼の堂々たるたたずまいは、警察署長などよりはるかに威厳に満ちている。サミがパスポートを手渡すと、彼は中を見て返した。

「君のことは聞いた覚えがない」デジェノーリの目は怒りでぎらついている。「お捜しのアルベルト・デジェノーリはもう他界している。だが、そのことはすでに知っているとばかり思っていた。どんな関係だったんだ？」

なるほど。サミは署長が言った〝あれこれ〟の意味をようやく理解した。二人とも、私がアルベルトと関係を持っていたと思いこんでいるらしい。「彼とは知り合いでも何でもありません。実は会ったこともないんです。ずっと……お会いしたいとは思っていましたけど」サミは口ごもった。イタリアに来たのは無駄だったと悟り、悲しみがこみあげた。

「君との関係は?」

単なる好奇心からきいているにしても、誤解しているわ! サミは大きく息を吸った。

「すでに亡くなっているのなら……何の関係もありません」

「どうやって彼のことを知った?」

アルベルトのことはその息子から聞いたのだが、彼も今はこの世にいない。

「もうどうでもいいことだわ」サミは唾をのみこもうとしたが、喉がこわばっていてできなかった。「本当にご迷惑をおかけしました」そう言って踵(きびす)を返し、足早に部屋を出た。

ロビーに続く廊下を歩きながら、ふと謎が解けた。たった今別れた男性の声は、赤ん坊の死んだ父親と同じだった。だからあの声にあんなに心がかき乱されたのだ……。でも、一つだけ違っていた。

あの男性の声にはやさしさや思いやりがかけらもなかった。口調に非難がにじんでいた。サミは身震いし、警察署の前に並ぶタクシーの一台に乗りこんだ。

彼女が署長室を小走りに出ていったとき、目に涙があふれているのが垣間見えた。同じ声を持つアメリカ人女性が二人もいるだろうか。たぶん偶然の一致だろう。彼女に会ったことは一度もない。

あの事故のあと、リックは一緒に雪崩に巻きこまれた女性を何カ月も捜しつづけ、彼女がいつか自分に会いに来てくれるのではないかと期待していた。だが、夏になるころには彼女も亡くなったのだと思うようになった。

リックはしばし目を閉じ、さっき会った女性の震えるハスキーな声を思い返した。認めたくはないが、心の片隅では彼女の真剣さに気づいていた。淡い金色の髪に縁取られた美しい横顔はイタリア人女性とはまったく違って、いまいましいほど魅力的だった。

しかし、どんなに芝居が完璧だったとはいえ、嘘をついているか、少なくとも真実の一部を隠しているのは確かだ。秘密が何にせよ、必ず突きとめてみせる。

リックは勢いにまかせて警護責任者のカルロに連絡し、警察署を出た二十六歳の金髪のアメリカ人女性を尾行するように命じた。彼女の滞在先がわかれば、二人きりで話し合える。

とにかく、今は彼女を引きとめるべきではない。次に彼女と話すときは、誰にも邪魔されない、二人だけになれる場所でなければ。

用事が全部すむと、リックは署を出てリムジンに乗りこんだ。ほどなく、彼女が〈グランド・サヴォイア〉に泊まっていることがわかった。最高とまではいかないが、ジェノヴァでも指折りのホテルだ。宿泊料は年間を通して高いが、クリスマスシーズンはさらに高くなる。彼は運転手にそこへ行くように告げた。カルロによると、三階のエレベーターから右手に進み、左側の四つめの部屋だという。

やがてリックはリムジンを降りてホテルに入った。相手の不意をつくため、事前に電話もせずに三階まで階段を一段おきに上がった。部屋の前まで来ると、中に聞こえるように大きくノックした。

「シニョリーナ・アーガイル？　デジェノーリだ。話がある」返答はない。そこで作戦を変えた。「なぜアルベルトを捜している？　よければ力になりたい」

カルロの話では、彼女は部屋に入ったきり一歩も出ていないという。シャワー中かもしれない。少し待って、またノックした。

「シニョリーナ？」

数秒後、ドアチェーンが引きちぎれんばかりに大きくドアが開いた。狼狽（ろうばい）を浮かべた緑の瞳がこちらを見あげているが、目の縁が赤い。どうやら泣いていたらしい。それほど彼女は思いつめていたのだ。

肩にかかるシャンパン色の髪が廊下の明かりにきらめく。さっき着ていた上着はもう脱いでいる。ひと目見ただけで、紺のスカートに裾をたくしこんだシルクの白いブラウスの下に豊かな曲線が隠れているのがわかった。彼女の顔と体のあらゆる部分に強く惹かれた。

「署長が尾行させていたとは知らなかったわ」

署でも気づいていたが、やはりふっくらとした官能的な唇だ。だが今、その唇は固く引き結ばれている。中に押し入られるとでも思っているのか、彼女はドアにしがみついて離れない。

リックは壁にもたれかかった。「署長は関係ない。僕が部下につけさせたんだ」

「部下ですって?」

「僕のボディガードのことだ。中に入れてくれるなら詳しく話すよ」

しかめっ面をすると、美しい顔がだいなしになった。「ごめんなさい。署でも言ったとおり、もう話すことはないし、別の予定もありますから」

「それは僕も同じだ」キプロス行きの飛行機にはもう間に合わない。「だが、まだ片づいていない問題がある」リックはぶっきらぼうに言った。くやしいが、彼女の言う別の予定というのが気になった。見ず知らずの女性にこれほど惹かれている自分が腹立たしい。なぜ彼女に興味を持つのかわからないが、声や話し方にやけに心をかき乱される。

彼女の口調は怒気をはらんでいた。「無駄足を踏ませて申しわけないとさっき言いましたけど、その言葉に嘘はありません。迷惑をかけた償いをしろと言うなら、ガソリン代として五十ドルをお支払いします。あいにく、それが精いっぱいです」

それが本当なら、ずいぶん贅沢なホテルを選んだものだ。「金が欲しいわけじゃない。実を言うと、君が警察署を出るときにあまりに動揺していたのが気になってね」リックは首をかしげた。「泣いていただろう？　コレッティ署長はもういないから、安心して打ち明けてほしいんだ」

「そうしたいのはやまやまだけど、無意味だわ」彼女は手の甲で目をこすった。「人捜しはもうやめにします。では失礼」

彼女は大事なことを隠している。リックはドアを閉めさせまいとして片足を割りこませた。「質問にもう少し答えてくれるまでは……」そこまで言ったとき、赤ん坊の泣き声がした。ドアの向こうから聞こえてくる。そういうことだったのか！　「ちょっと待て」彼は締め出されないようにドアに体重をかけた。「だれの赤ん坊だ？」

「私のよ」

「君とアルベルトの？」熱くなった頭の中で一つの答えが出た。父はこの女性と関係を持ち、彼女は二人の愛の結晶を父に見せるためにイタリアに来たに違いない。だが、もう手遅れだ。

「違うわ！」彼女が大声で言った。

「だったらそれを証明してくれ」

2

やめなさいと強く命じるパットの声が聞こえたような気がしたが、サミは耳をふさいだ。最悪の事態だった。サミが絶対に避けたかった類の。だが、男はしつこくホテルまで追ってきた。でも始めたのは自分だし、コレッティ署長をまた煩わせたくなければ、彼を中に入れたほうがいい。

サミはドアチェーンをはずすと、部屋の奥のベビーベッドに駆け寄った。我が子を抱きあげて守るように胸に抱いてから、頬にキスして言った。「大きな音でびっくりしちゃったのね。大丈夫、安心して」彼女はデジェノーリの探るような視線を跳ね返した。「お客さまはすぐに帰るわ」

人目を引くほどハンサムなそのイタリア人はすでに部屋に入り、ドアの鍵をかけていた。赤ん坊を見ようと近づいてくると、サミの体はかすかに震えた。

ミスター・デジェノーリはこの子の父親の親族なのだ。だから声に聞き覚えがあるに違いない。警察署では、私が関係者の名誉をできるだけ傷つけまいとしたように、彼も慎重になっていた。でも、赤ん坊の祖父と父親が二人とも亡くなってしまった以上、心配する必要はない。ただ彼の質問に答えるだけ。そして明朝にはリノに帰る。

「失礼しておむつを替えるわ」サミはタオルを取ってベッドに広げ、赤ん坊を横たえた。

「警察に行っている間、この子はどうしていたんだ？」

サミは赤ん坊の青いカバーオールを脱がせた。「もちろんここにいたわ。煙草の煙の立ちこめる建物の中が赤ちゃんにとって好ましくないのはわかるでしょう。このホテルでは優秀なベビーシッターも頼めるの」だから姉はここを予約したのだ。「ここに泊まっているのもそのためよ。ベテランのシッターがこの子の面倒を見てくれていたわ」彼は話を信じていないようだ。「誘拐した子だとでもいうの？　そんなに疑うならフロントに電話してきいてみて。私の身元確認もできるでしょうから」

デジェノーリの視線が赤ん坊に釘づけになった。「生後どのくらいだい？」

サミはお尻ふきをおむつと一緒にビニール袋に入れると、赤ん坊のお尻にパウダーをはたき、新しいおむつを当てた。「二カ月よ。あなたには関係ないことでしょうけど。だから今までジェノヴァのおじいちゃんに会わせられなかったの」

「おじいちゃん……」

「ええ、そうよ。どうしてそんなにびっくりするの？　どの子にもおじいちゃんはいるわ。なのに、この子は一度も会えずじまいだなんて。おじいちゃんにも……パパにも……」サミは口ごもった。そして、男の子にしては美しすぎる黒々とした柔らかな髪にキスした。

赤ん坊は整った顔を真っ赤にしていたが、やがて泣くのをやめ、自分を観察している侵入者をじっと見つめた。

カバーオールのスナップをとめおえたサミは、赤ん坊を上掛けにくるんで抱きあげた。

「そろそろ夕食の時間よ」ドレッサーに置いた作りたてのミルクを取りに行き、座って赤ん坊に飲ませはじめる。

「君の声を前に聞いたことがある気がしてね」

奇妙な親近感を抱いたのは私だけではなかったのだ。「私もあなたの声に聞き覚えがあると思ったの。不思議ね。私たち、初対面でしょう?」

デジェノーリが黒い眉をひそめた。「実に不思議だ。最近、休暇でヨーロッパへ来たことは?」

「この一年はなかったわ。その前には来たけど」

「もう一度パスポートを見せてほしい」

「この子がミルクを飲みおわったらね」

赤ん坊はミルクをよく飲んだが、寝ている途中で起こされたせいか、またすぐにうとうとしはじめた。サミは赤ん坊にげっぷをさせてベビーベッドに戻し、上掛けをかけてやった。

彼に一挙一動を見つめられているのを感じながら、サミはドレッサーに近づき、バッグからパスポートを取り出した。「言っておくけど、このパスポートはこの子が生まれる数年前に申請したものよ」

デジェノーリは受け取って、入国スタンプがいくつも押されたページを丹念に見た。

「最後のスタンプは一月で、オーストリアのものだが……」

「ええ」

「オーストリアのどこへ行った？」さっきまでの冷静さをかなぐり捨て、緊迫した面持ちだ。

「インスブルックよ」

とたんに彼の顔が蒼白（そうはく）になった。「なぜそこへ？」

「旅行会社を経営する姉夫婦のためにインスブルック周辺のホテルをリサーチしていたの。お客さまに勧められる新しいホテルを常に開拓しているから」

デジェノーリはひどく動揺しているようだ。

サミは無意味な質疑応答はもうおしまいにしようと思い、バッグに手を伸ばして茶封筒を取り出した。「これを見て」封筒を彼に渡す。「この子のおじいちゃんに見せようと思って持ってきたの。これですべて説明がつくはずよ」

デジェノーリは半信半疑でサミを見てから封筒を開け、出生証明書を取り出した。

「そこにあるように、息子には父親の名前にちなんでリックと名づけたの。リック・アーガイル・デジェノーリ。リックのお父さんも……私が去年の一月に巻きこまれたのと同じ雪崩事故で亡くなっていたのね……」サミの声がとぎれた。「アルベルトはあなたの親戚？　伯父さんかしら？」

招かれざる客はひと言も発しない。やっとこちらの話を聞く気になったようだ。

「事故が起きたとき、私はリサーチするホテルに立ち寄って、ダイニングルームで温かい飲み物を飲んでいたの。そのあとちょっと観光に出ようと思っていた矢先に、超特急並みの速さで襲ってきた雪崩が三階建てのそのホテルをあっという間にのみこんだのよ。リックと私は何時間も雪に埋もれていた。私が気を失う前に彼は息を引き取ったわ。でも、さっき警察であなたから聞いて初めてリックの父親も亡くなったと知った。病院で意識が戻ってから、彼の父親は助かったのだとばかり思っていたの。死亡者リストにデジェノーリという名前は一人しかなかったから。その一人がもちろんリックだった。アルベルトは死亡者リストが作られたあとで容態が悪化したんでしょうね」

サミはあふれる涙を抑えられなかった。

「悪夢だったわ。事故のあと、姉がインスブルックに来てくれて一緒に帰国したの。妊娠がわかったのは六週間後。そのとき、いつかアルベルトを捜し出して、孫のことを教えてあげようと心に誓ったの。でも結局、今回の旅は無駄だったのね」

話を聞く間、デジェノーリは不気味なほど静かだった。

「姉は赤ちゃんをリッキーって呼んでいるけれど、私はイタリア風の呼び方のほうが好き。勇敢な父親をたたえるため、この子に同じ名前をつけたのよ」

「勇敢？」彼がかすれ声で言った。

「ええ。リックが大きくなったら、パパがどんなに勇敢だったか教えてやるつもり」

「どこが勇敢だったんだ？」

「あの場にいなければ、とても理解できないと思うわ。リックはすばらしい人だった。雪に埋もれたとき、私を落ち着かせようとずっと励ましてくれたの。私は閉所恐怖症なのよ。あのとき私がどんなにおびえていたか、想像もつかないでしょうね。彼がいなかったら私も死んでいたわ。私たちは互いに見ず知らずだった。うめき声は聞こえていたけれど、真っ暗で顔が見えなかったから、落ち着いてと声をかけられたときは、心臓がとまるくらいびっくりしたわ。冷静に待っていればきっと助かると彼は言った。幸い、私たちがいたのは倒れた柱の下の小さな隙間で、雪に圧迫されず、呼吸も身動きもできた。最初はもう助からないと思っていたから、パニックにならないよう気遣ってくれた彼がまるで天使のように思えたわ。でも私を抱き締めて、絶対に助かると言ってくれたとき、やっぱり生身の人間だと思ったの。彼は私を守ることだけを考えてくれた。初めは彼が頬にキスしてくれていたおかげで、恐怖を抑えられた。そのうち横になっていても息苦しくなってくると、私も彼のぬくもりが欲しくてキスを返したの。少し話もしたわ。彼は父親のアルベルトと一緒に結婚式に出席したばかりだったそうよ。私は旅行でこの町に来たと言っただけで、詳しい話はしなかった。時間はどんどんたっていくのに救助が来る気配はなくて、私たちは死を覚悟したわ。そのとき、互いの体からぬくもりと慰めをもらったの」

サミは大きく息を吸った。

「私たち、愛し合ったのよ。とても自然な流れで夢のようだった。やがて木がきしむ音がして、柱が彼の額にぶつかって」喉に嗚咽(おえつ)がこみあげた。「彼は気を失い、血が二人の体を伝っていった。脈もなくて、息絶えたのだと思った。病院で意識が戻ったとき、思い出した最後の記憶は、私の腕の中で息を引き取った彼のことだった。雪崩のあとの暗闇の中で、崩れた壁や壊れた家具にはさまれながら、私たちは体を重ねたの。お互い人生最期の瞬間だって思っていたから、そうやって必死に生にしがみついた。これまで知り合った誰より、彼が身近に思えた。いとしい赤ちゃんの顔を初めて見たとき、父親の面影をそこに見たわ。今は、この子に生を授けてくれたあの高潔な男性にふさわしい人間にこの子を育てたい、ただそれだけ。恐怖に直面しても、彼は自分を顧みず、私のことだけを考えてくれた。これでわかっていただけたんじゃないかしら、ミスター・デジェノーリ」

サミは身じろぎもせずに立っている長身の男性を見あげた。顔が真っ青だ。出生証明書は床に落ちている。なぜこんなに呆然(ぼうぜん)としているのか……。

「まだ信じてもらえないなら、これ以上何を話せばいいかわからないわ。今度は私の質問に答えてもらう番よ。アルベルトはあなたの伯父さん？」

「違う」彼の声はひどく重々しかった。「僕の父だ」

「コレッティ署長はあなたがアルベルトだと言っていたけれど……」

彼はサミに近づいた。「こう言えばわかってもらえるかな。父はアルベルト・エンリコ・デジェノーリという名で、アルベルトと呼ばれていた。僕も同じアルベルト・エンリコ・デジェノーリだが、世間ではエンリコと呼ばれている。ただ、親しい者は僕を……リックと呼ぶ」

サミは彼をまじまじと見た。世界がぐらりとかしぐ。「あなたがリックのはずがないわ。彼の意識は戻らなかった。私の腕の中で息を引き取って……」

「違うんだ、サミ」彼がかすれ声で言った。「僕は今こうしてここにいる」

彼に愛称で呼ばれ、サミはたじろいでベビーベッドの柵につかまった。悲鳴にも似た声が口から飛び出した。「あなたがリック？」かぶりを振ると、青ざめた頬に髪がかかった。

「私……こんなことになるとは思ってもみなかった。だって……」

部屋全体が揺れだした。気がつくとサミはベッドに横たわっていた。かたわらには彼女を妊娠させた男性が座り、サミの顔を両手で包んでのぞきこんでいる。「少しじっとしているんだ。二度もショックを受けたんだから」

気遣うようなその声には聞き覚えがあった。まさに雪崩事故のときに聞いた声だ。目を閉じると、なにもかも一つ残らず脳裏によみがえり、あのときの彼とまた一緒にいるような感覚を覚えた。

けれど目を開けると、見知らぬ男性がこちらを見つめていた。彼がリックだと頭ではわかっている。でも、警察署で横をすり抜けていった近寄りがたい男性が、雪に埋もれた中で自分に情熱と生きる意欲を与えてくれたリックと同一人物だとは、どうしても思えなかった。

サミの髪がリックの指にこぼれ落ちた。目を閉じると、暗闇の中で同じ豊かな髪に触れたときのことが鮮やかによみがえった。この芳しい香りは、彼女の顔や体の隅々からも立ちのぼってきたものだ。髪の感触はあのときと同じだが、こんな極上の絹のような色だとは思わなかった。

サミの顔がまだ青ざめているのを見て取り、ベッドから離れて水を取りに行った。バスルームから戻ると、彼女はベッドの上で体を起こしていて、リックが渡した水をいっきに飲みほした。「ありがとう」震える声で言い、しおれた花のようにまた横になった。

リックはからのグラスをサイドテーブルに置き、ベッドに腰かけた。「二人とも生き残ったなんて、奇跡だな」

「ええ。あなたが生きていて、今目の前にいるという現実を、まだ受け入れられずにいるわ」

それは僕も同じだ。「二人で雪に閉じこめられたとき、何とか君の姿を見たいと思ったよ」リックはしみじみと打ち明けた。「話し方から、きっとすてきな女性に違いないとは思ったが、実際の君は想像以上だ」

ショックで呆然としたまま、サミは片手でリックの顔に触れた。顔をなぞられると、忘れがたい記憶が呼び覚まされる。「リック……」サミの指が唇をたどった。「私、また幻覚を見ているのね」

リックはサミの手にキスをした。「あれは幻覚なんかじゃない。あのときも今も、僕たちは生きている」

熱帯雨林のような鮮やかな緑色のサミの瞳に、涙がにじんだ。「あなたが死んだと思ったとき、私も死にたかった。あなたがいる間は耐えられたけれど、額を柱で打って何の反応も返ってこなくなったとき、世界は終わったの」

サミのつらそうな声は、事故後何カ月もリックの頭から離れなかった声そのものだった。リックは彼女の顔を見つめながら、自分の記憶と重ね合わせた。ほっそりした首の根元で脈が打っているのがわかる。金髪の女性には珍しい黒くて長いまつげの端で、涙の粒が揺れていた。

サミはまだ信じられないという表情でこちらを見ている。「事故のときと同じ気持ち。全部夢で、現実じゃないみたいな気がするけど、こうしてあなたに触れて声を聞いているんだから、現実よね？　今ここにいるあなたは夢の中の存在じゃなくて、生身の人間なんだわ」

「雪の中で僕が抱き締めていた君も、生身の人間だった」リックは言った。「君のおかげで僕も正気を失わずにすんだんだ。僕もあれは美しい夢だったんじゃないかと思っていた。君と愛し合いながら、これが夢ならいつまでも覚めないでほしいと願った。あのときのことすべてが現実離れしていたから」

サミは頬を伝う涙をぬぐった。「そうね。妊娠がわかるまでは、全部夢だったんだと思うこともあったわ」そこでリックを見つめた。「救出されたあと、どうしていたの？」

リックはサミの手を取った。「あと数分遅かったら、医者も手のほどこしようがなかったと言われたよ。ジェノヴァの病院で意識が戻るまでの記憶はまったくない。二日間も昏睡状態だったそうだ。気がつくと家族に囲まれていた。医者に最初に頼んだのは、君が事故の犠牲者かどうか確かめてもらうことだった。調べてくれた医者からは、死亡者リストにサミやそれに似た名前はないから、無事でいるはずだと言われた。それを聞いて、回復したら君を捜そうと心に決めたんだ。だから父の葬儀が終わってすぐに君を捜しはじめた」

「まさか」

「どうしてそんなに驚くんだ？　君と分かち合ったひとときは絶対に忘れられやしない。あのときにしかできない体験だった。でも、インスブルックのツアー客のリストを洗いざらい当たっても君の名前は見つからず、もっと手を広げなければならなかった。君がカリフォルニア州のオークランドから来たという話は覚えていたから、それだけが頼りだった。部下も使って、何カ月も探したんだ」

「ああ、リック……」サミが小さくうめき、ベッドから下りて彼のほうに回ってきた。

リックも立ちあがった。「君のことが何より気がかりだった。だが、オークランドの電話帳にも、オーストリアからアメリカに向かったどの便の乗客リストにも、君の名前は見当たらなかった。オークランドやサンフランシスコ着の飛行機のリストにも似た名前はなくて、君は地上から忽然と消えてしまったかのようだった」

「私の本名を知らなかったからだわ」サミは苦しげに言った。「父の名前がサミュエルだからサミと呼ばれているのよ。両親を亡くしたあと、私と姉は祖父母に引き取られたの。亡くなった父とよく似ているからと、祖父が私をサミと呼ぶようになって。それが呼び名として定着したの」

「サマンサを縮めた愛称かと思っていたよ。確かにパスポートの名前は違う」

「私をよく知らない人はみんなそう考えるわ。違う名前でずっと私を捜していたのね。つらすぎるわ」

リックも同じ気持ちだった。一族にとって大事な結婚式に出席するためにオーストリアへ行き、父とある約束を交わしたあと、あの雪崩事故にあった。リックはサミを見つけようと手を尽くしたが、万策尽きて結局元の暮らしに戻り、父との約束を果たすことにしたのだった。

「オークランドで生まれ育ったのは事実よ」サミは説明を続けた。「でも、学校に戻ってから体調を崩して病院へ行くと、妊娠していると言われて。途方にくれていたら、ネヴァダ州のリノにいる姉のパットがこっちで一緒に暮らそうと言ってくれたの。姉夫婦が経営する旅行会社は業績が右肩上がりでね。学校の休暇にオーストリアへ行かせてくれたのも、姉夫婦だったのよ」

ネヴァダとは……。雪崩事故がどれだけ二人の人生を変えてしまったか、リックはようやく理解しはじめた。「妊娠中はずっと体調が悪かったのかい？」

「いいえ。つわりがおさまってからは順調だった。パットは唯一の肉親だし、姉や姉の子供たちのそばにいたかったから、リノに移って学校に通いだしたの。本名も知らずに、見つかるはずがないわね」

リックはぼんやりと顎を撫でながら、これまでの話を理解しようと努めた。

サミは心配そうに彼を見つめた。「頭の怪我の後遺症は？」

「ときどき頭痛がするくらいかな」リックは答えながら、彼女の思いやりに胸を打たれた。

「よかったわ。あのときは本当に怖かった」サミの声は震えていた。

「幸い、僕自身は覚えてない」

「思い出したくもないわ。生後六週間の健診が終わったら、ジェノヴァへ行っておじいちゃんに赤ちゃんを見せようと、妊娠中からずっと考えていたの。私の両親は亡くなっているから、まだ存命の祖父母が少なくとも一人はいると知れば、成長したとき、あの子もうれしいだろうと思って」サミは自分の体に腕を回した。「お父さまが亡くなって、さぞつらかったでしょうね」

「ああ」リックはぼそりと答えたが、今となってはすべてが遠い昔のことに思えた。

「おじいちゃんのこと、いつも考えていたわ」サミが言った。「もちろん、孫がいたと知ったときの反応を考えると怖かったけれど。だって、彼にとっては最悪の知らせかもしれないもの。それでも、あなたが亡くなったときに一人じゃなかったと知ったら、親にとっては少しは慰めになるかもしれないとも思ったの」

リックは息をのんだ。「父を捜そうとしてくれて、神に感謝するよ(リングラツィオ・イル・チェーロ)！　そうでなければ、何も知らないままだった。父だって、おじいちゃんになったと知ったら喜んだに違いない」孫を授かった経緯を知ったショックを乗り越えたらの話だが。リックはいまだにすべてを受けとめきれなかった。

サミは唇を噛んだ。「どうすることが正しいかわからなかった。だから署長にも詳しいことは話さなかったの。他人の前であなたのお父様に恥をかかせたりしたくなかった。だいいち、もし会えたとしても、私の話なんて信じてもらえないでしょうし、ただ会えるだけでいいと思っていたの。とにかく赤ちゃんのために、できるだけのことをしたかった。町の名前を勘違いしたんじゃないかと署長に言われたとき、何を信じたらいいのかわからなくなったわ。あなたは確かにジェノヴァの出身だと言っていたはずだから。ジュネーヴに飛んで、また一から調べ直すことを考えただけでめまいがしたけれど、息子のためにやり遂げる覚悟だった。ああ、リック……」

一緒に雪に閉じこめられた女性は、十億人に一人しかいない稀有な女性だったのだ。

リックはベビーベッドに目を移した。ぐっすり眠っているこの赤ん坊が僕の息子か。まるで奇跡だ！　動揺をかなぐり捨ててベッドに歩み寄り、赤ん坊を見おろした。僕の赤ん坊だ。拳に握った両手を大きく広げ、仰向けに寝ている。

「あんな破壊と死が迫るさなかに、子供を授かったとはね！」

「ええ」サミはうなずいた。「本当にこの子は完璧よ」

実は、赤ん坊を見た瞬間、リックも同じことを思ったのだった。あのときは、こんなにかわいい赤ん坊を、父がこの女性に産ませたのかと苦々しく思った。そして、自分がまだ気持ちのコントロールができずにいることを思い知った。

だが、この子は父の子ではない。僕の子だ！

胸がいっぱいになり、リックは手を伸ばして赤ん坊を抱きあげた。また起こしてしまうかもしれないが、構うものか。顔がよく見えるよう、むしろ起こしたいくらいだ。小さな体のぬくもりがリックの体の芯まで伝わり、父と子の絆（きずな）が生まれた。

母親とは違う人に抱かれていると気づいたのか、赤ん坊は頭を左右に振ってもがきはじめた。母親と同じ甘いにおいがする。体は小さいが動きは力強く、赤ん坊の頭と首を支えるために手に力を入れざるをえなかった。赤ん坊を横向きに抱きながらデジェノーリ家とアーガイル家の特徴がはっきり見て取れる顔立ちをじっくりと眺める。両家の血を引いていることは間違いなかった。

「こんにちは（チャオ）、僕の赤ちゃん（バンビーノ・ミオ）。世界へようこそ」リックは赤ん坊の頬と額にキスをした。

オリーブ色の肌をした赤ん坊が顔をほころばせ、うれしそうに手足をばたつかせると、リックは笑った。次世代のデジェノーリが初めてこの世に生まれたのだ。

以前、妹のクラウディアは妊娠がわかってすぐに流産してしまった。流産したのは、父が雪崩事故で死亡したという知らせが届いた直後だった。子供を失ったクラウディアと夫のマルコの気持ちを思うたびに胸が痛んだが、いざ自分の息子を目の当たりにしてみると、やはりうれしいものだった。

リックがふと目を上げると、サミが涙を浮かべて父子を見つめていた。彼女がどんな顔をしているのか、ずっと想像してきたから、いくら見ても飽き足りなかった。

「あなたが無事で、こうして赤ちゃんを抱っこしているなんて、まだ信じられない。警察署を出たときはひどく落ちこんでいたの。ここでアルベルトが見つからなければ、私は帰国するしかなかったし、そうなればこの子は一生イタリアの親族と会う機会がなくなる。あなたが追ってきてくれなかったらどうなっていたか」サミは涙を流した。

「たとえ何があっても僕は君を追いかけた。君の正体を突きとめなければ気がすまなかったんだ。同じ声をした女性が、この世に二人いるとはどうしても思えなかったから」

「わかるわ。あなたの声を聞いた瞬間、思いきってリックと呼べばよかったのね。そうすれば、すぐにお互いのことがわかったはずよ」

答えようとしたときに携帯電話が鳴り、リックは現実に引き戻された。電話の主はわかっていた。

「電話に出ている間、私が見ているわ」サミは赤ん坊をリックの腕から抱きあげて連れていった。

赤ん坊が彼女の胸にぴったりと顔を寄せるのを見たとたん、リックは喉がぎゅっと締めつけられたが、二人に背を向けて携帯電話の画面を確かめた。サミという名の女性の正体をようやく突きとめた一方で、別の問題が持ちあがったのだ。

サミの件がエリアナとの関係のみならず、その父親との交渉に与える影響を思うと、口からうめき声がもれた。恋愛結婚ではないとはいえ、新郎側に隠し子がいるとわかれば厄介なことになる。エリアナとは慎重に接しなければならない。僕の家族も、この知らせにショックを受けるだろう。

「エリアナ？」リックは電話に出た。

「オフィスを出る前に電話をくれると思っていたのに。秘書はあなたがもう出発したと言っていたわ」

リックはぼんやりとうなじをさすった。「ちょうど空港へ向かっているところだ。離陸前に電話しようと思っていたんだよ」何もなければそうしているはずだった。だが、人生を根底からくつがえす出来事が起きてしまった。一緒に雪に閉じこめられたサミがこうして僕の前に現れ、息子に会わせてくれたのだ！

あからさまな間があった。「大丈夫？　なんだか……いつもと違うわ」

〝いつもと違う〟という言葉だけでは、リックの心の変化を説明できるはずもなかった。

「その……あれこれあって、頭がいっぱいで。許してほしい」コレッティ署長が警察署で言ったように、確かに〝あれこれ〟ではあったが、父親とはまったく関係のない、自分だけにかかわることだ。それにしても、あのとき疑念に駆られて真相を突きとめようとしなかったら……。

「もちろん許してあげるわよ、エンリコ」

われるだろう。

リックは大きく息をついた。二人の結婚に際して、彼女の今の言葉の真価が容赦なく問われるだろう。

サミは僕を高潔な男性だと言ってくれた。今回の件をエリアナに秘密にしたら、僕はその言葉にふさわしくない者になってしまうのではないか？　だが、今は打ち明けるときではない。自分でも消化しきれていないのに、とても説明できやしない。今回の件が公になれば、さまざまな方面に影響が出るだろう。問題にどう対処するかをじっくり考える時間が必要だ。

「明日キプロスから電話するよ」

「約束よ」

リックは電話を握り締めた。「今まで約束を破ったことがあるかい？」

「ないわ。でも、あなたはいつも仕事第一だから。結婚したら、しばらくはあなたを独占するわ。赤ちゃんも欲しいし。できれば跡取り息子をね」

リックは目を固く閉じた。その役目はもう別の人が果たしてしまったよ、エリアナ。

婚約者は美しく、貴族の出らしい洗練された女性だった。女性なら誰もが抱く自然な希望を口にする未来の妻を責められない。だが、新たな女性の登場に、リック自身もなすすべがなかった。あの雪崩が運命の出会いをもたらし、彼の人生を永遠に変えてしまったのだ。

「エリアナ、悪いがもう切るよ。また明日話そう」

「また明日ね(ア・ドマーニ)、いとしい人(カーロ)」

リックは電話を切ってサミに向き直った。

赤ん坊は彼女の胸で眠っている。サミがリックを見つめた。「あなたが電話している間に考えがまとまったわ。間違いかもしれないけど、今の電話の相手は女性でしょう？　話しぶりからすると、奥さんか恋人ね」

雪に閉じこめられている間、二人は死を待ち受けながらあらゆる垣根を取り払った。だからなのか、サミの鋭い勘にも、単刀直入な物言いにも、リックはさほど驚かなかった。

「婚約者のエリアナだ」

サミの黒いまつげはぴくりとも動かなかった。「まさか……」

「いや、違う」リックは彼女が言わんとしていることを察した。「婚約したのは、君を見つける望みを失ってしばらくたってからだ。それまでは、名字を知っているはずだから、君がジェノヴァに来て僕を見つけてくれると思っていた。だが、子供を産んだと聞いて、君がジェノヴァに来られなかった理由がやっとわかったよ」

「婚約者に私たちのことは話したの？」

「いや、誰にも話していない」リックは小声で言い、サミに近づいた。「君は恋人がいるのかい？　結婚は？」

「していないわ」そのひと言でほっとするのはどうかと思うが、それでもリックは安堵した。「一月にヨーロッパへ行く前まで付き合っていた男性とも別れたの。知ってのとおり、雪崩事故のあと、私は別人になってしまったから。マットは私が帰国したと知ると電話をくれて、まだ私のことをあきらめられないと言ったわ」その理由はリックにもわかった。「私にとってはもう終わっていると言っても、彼は努力するからと言ってゆずらなかった。だから妊娠がわかると、事故のときのことをすべて話してあきらめてもらおうとしたの」

リックは唇を噛み締めた。「それで？」

「彼は私と結婚して、生まれてくる子を自分の子供として育てたいと言ったわ」

別の男が息子の親になるなんて、考えただけで耐えられなかった。「君を心から愛していたんだね」

「ええ、そう思う。私も彼のことは好きだった。とてもやさしい人だったから。でも、それは愛じゃなくて、まったく別の感情だった。だから彼と別れたわけだし。彼を傷つけたくなかったの。彼はとても親切にしてくれたけれど、私が赤の他人と関係を持ったことに傷ついたのは間違いないわ。彼とはそこまでに至らなかったから」サミは言葉を切った。

「どんなに言葉を尽くして説明しても、他人にはとうてい信じられないことなのよ」

「僕だっていまだに信じられないよ」リックは正直に言った。「当の本人だというのに」

サミがまた頬を赤らめた。「全部忘れてと彼に頼むのは酷というものよね。私の気持ちが変わるのを彼が待っているのはわかっているけれど、ありえないことだわ」彼女は赤ん坊にキスした。「結婚式はいつ？」

エリアナとの結婚式……。

「一月一日だ」

「年明けね。もうすぐだわ」

息子を抱くサミがそばにいると、結婚式のことなどとても考えられなかった。リックはまだショックを引きずっていた。

サミが探るように彼を見た。「今の私たちみたいな状況に直面する人はめったにいないとわかっているけれど……」不安げに言った。「もしあなたが無事だと知っていたら、私だってまったく別の対処をしたかもしれない。でも、息子がいると知った今、あなたにはじっくり考える時間が必要だと思う。あなたの気持ちを聞くのはそれからにするわ」

「僕の気持ちだって？」彼女の意図がわからず、リックは尋ねた。「君は僕を子供に会わせてくれた。父親になるとはこれほど幸せなことだなんて、初めて知ったよ」

リックや弟妹にとって、父は遠い存在だった。いつも家を空けていたし、顔を合わせることもめったになかった。父は一族をまとめる立場にあったが、子育ては母と使用人にまかせきりだった。

リックが大学生になると、ようやく父は息子を気にかけるようになったが、それもデジエノーリ家の一員としての義務と財産に関する問題に限られた。ヴィトーやクラウディアのことなど父の頭にはこれっぽっちもなく、それを思うたびに胸が痛んだ。だから人生の早い時期から、将来自分が父親になった暁には、子供が生まれたその日から全面的に育児にかかわろうと決めていた。

リックにとって、今日がその日だった。彼は息子の母親を見た。「父親になったと知ったとたん、生まれ変わったような気がするよ」

「でも、あなたはもうすぐ結婚するし、エリアナともこのことについて話し合わなくちゃ」サミは淡々と言った。「アメリカに帰る飛行機が明日の朝の便でよかった。この子と私はリノに戻るから、あなたにはその間にじっくり考えてもらえるわね。お互いに無事だとわかったわけだし、急ぐ必要はないわ」

リックは眉をひそめた。「急ぐ必要はないだって？　息子が生まれて最初の二カ月を知らずにいたんだ。これ以上成長を見逃したくない」

「でも、クリスマスも結婚式ももうすぐよ。今はまだ——」

「まだ、何だい？」リックはさえぎった。「まだ僕が息子とどう付き合っていくのか決めるときじゃないというのか？　この子の誕生は僕の人生にとっても君の人生にとっても予定外のことだった。だが今、この子がこうしてここにいるのは奇跡だ。僕の父は、子供のことを成人するまでほとんど気にかけなかった。僕は君と協力して子育てできるように、いつもこの子と一緒にいたい」

サミの顔から表情が消えた。「あなたの言う子育てはありえないわ。私たちは別々の大陸に住んでいるんだもの。この子は私にとって生きる意味そのもの。あなたとエリアナが結婚したら、ときどき連れていって会ってもらうわ。生きていたのがお父さまのほうだったらそうしていたように。航空機代は姉が援助してくれるでしょうから、経済的な負担も大きくないはずだし。あなたとエリアナも、アメリカに来るときにはこの子に会ってちょうだい」

リックはサミの話に耳を傾けた。だが、彼の子供を産んだ女性にはいまだに理解しがたい一面があり、そういう意味では相変わらず未知の相手だった。もっとも、その関係もじきに変わるだろう。リックとしては、彼女が息子とともに自分の人生から去っていくのを黙って見送るつもりなどなかった。

「その話はあとにしよう。とりあえず、お互いをよく知るのが先だ」リックはすでに、サミには慎重に接する必要があると感じていた。「大事な仕事でキプロスの別荘へ行くんだが、今夜一緒に来てくれ」

3

サミが驚いて目を見開いた。

「君はこの子にイタリアの親族について教えたいと言ったね。僕の母はキプロスの出身で、僕は子供時代の大半をそこで過ごした。成長したら、この子にとっても第二の故郷になる。来週いっぱい一緒に過ごして、くつろいだ環境で僕の世界を知ってほしい。冬のキプロスは地中海で一番暖かいんだ。明日は気温が二十度まで上がるらしいから、海で泳げるよ」

サミが小さく叫んだ。「無理よ、リック。ここには二、三日しか滞在しないつもりで来たんだもの」

リックは体をこわばらせた。「君は僕と会うとは思っていなかった。だがこうして会った以上、お互いにとってすべてが変わったんだ。僕たちの子供は家族と一緒にいる必要がある。君のお姉さんがフライトを変更できなくても、僕ならできる」

「そうでしょうね」サミは認めた。「あなたに婚約者さえいなければ。彼女はわかってくれないわ」

「僕はクリスマスイブまで帰らないと彼女は思っている。その間何をしようと自由だ。僕たちは話し合わなければ。明日帰るなんて問題外だ」

「でも――」

「サミ」リックはさえぎった。「君と、存在も知らなかった息子と過ごす時間を奪わないでくれ。三人が生きていることを実感するためにも、ともに過ごす必要がある。僕たちは二度目のチャンスを与えられた。ただ命拾いしただけでなく、こんなかわいい息子まで授かるチャンスを」

「だけど……」

「〝だけど〟はなしだ。インスブルックであんな目にあったあとで、また惨事に見舞われるのはごめんだよ。リノへ戻る飛行機にどんな災難が降りかかるかわからない。ありえないなんて言わないでくれ。そのことは誰よりも僕たちがわかっている。僕には君たちと過ごす時間が必要だ。君にも必要だと素直に認めてほしい」

サミが目をそらした。「でも、事実を知ったらあなたの婚約者はショックを受けるわ。いつまで隠しておくつもり?」

リックのまなざしが険しくなった。「必要なだけ。これ以上の答えは思いつかない」

「彼女のことが心配だわ。マットのことも傷つけたから。あなたに息子がいるなんて、彼女にすればひどすぎる話よ。立ち直れないかもしれない。あなたがすぐに話さなければなおのこと。もし私が彼女だったら――」

「推測の話はやめよう」リックはさえぎった。「君の恋人は真実を知っても君と結婚したいと言った」

「時間が必要だと言って、もう何カ月も会ってないのよ」サミは正直に打ち明けた。「でも、この子のために結婚したとしても、いずれ彼は私を恨むようになるわ。彼もやがて子供を欲しがるでしょうし。いくらこの子をかわいがってくれても、それ以上に自分の血を引いた子がかわいくなるのは当然よ。それは耐えられない。だから男性と付き合う気になれずにいるの。この子を絶対に傷つけたくないから」

「わかるよ、サミ」必死に息子の幸福を守ろうとする彼女の深い愛情がリックはうれしかった。「息子を思う気持ちは僕も同じだ。だからこそ、エリアナには慎重に話さないと。彼女は傷つくだろう。君には思いもよらない形で」

サミがうなずいた。「信じがたい状況だもの」

「だが、解決できなくはない。この子は君にとってかけがえのない存在だ。だからこそ祖父を見つけるためにジェノヴァまで飛んできた。事実を知った今、僕にとってもかけがえのない存在になった。夜中の授乳は僕がしたい。来週いっぱいは僕が風呂に入れる。新米パパがすることを全部したい。その間に、エリアナにどう切り出すべきか見えてくるだろう」

「私と一緒にいると彼女に知っておいてもらったほうが気が楽だわ。だって、もし告げ口されたら？」

「誰に？　スタッフもパイロットも僕に忠実だ。コレッティ署長も個人情報をもらすようなまねはしない」

「だとしても、私は――」

「なんの問題もない。君と違って、僕は赤ん坊の誕生を待ちながら九カ月かけてじっくり考える暇はなかった。君たちと過ごせば、エリアナへの対処の仕方もわかってくるだろう。明日の朝、君がリノに帰ってしまえば、事態はますます複雑になるだけだ」

サミはまだ目をそらしている。エリアナを思いやる彼女の気持ちには感嘆するが、赤ん坊が存在するのはまぎれもない事実だ。閉所恐怖症になりそうな暗闇で身を寄せ合ううち、サミは僕の子を身ごもることになった。この子は二人が誕生させた命なのだ。その事実が明るみに出れば大騒ぎだろう。だが今は、これまで味わったことのない驚嘆と興奮を感じる。

リックはサミをちらりと見た。「あのとき一緒に生き埋めになったすてきな女性なら、僕からその喜びを奪うはずがない。十一カ月で別人になったのかい?」

その問いかけを聞いて、サミが顔を上げた。「だけど、あなたは父親になる準備ができていないわ」

「誰だってそうじゃないのか? 必要なものなら、今のところ君がすべて持ってきているし、足りないものがあれば用意しよう。ベビーベッドでも寝具でも、電話一本で届けてもらえる」

「どうしよう」サミはまだ納得していないようだ。

「あんな経験を乗り越えた僕たちだ。まさか一緒にいるのが気づまりだなんて言わないだろうね?」

サミの頬がほんのり紅潮した。「もちろんよ」

「じゃあ、一緒に来るのを拒む理由はない。部下に君のチェックアウトの手続きをさせよう」

サミがとまどいぎみにリックを見た。「あの人たち、いったい何?」

「ボディガードだ」

「たしか仕事は海運業って言っていたわね。わからないわ、どうしてあんな護衛が必要なのか」

「それはあとで説明しよう」

「でも、いきなり客を連れていったら迷惑よ。まして赤ちゃんなんて」

「客？」リックは噴き出した。「この子は僕の息子で、君は彼の母親だ。つまり君たちは特別な存在なんだ。それとも、来週いっぱい僕がここに泊まろうか？」

「このホテルに、という意味？」

その声に動揺を感じ、サミも自分に無関心ではないのだとわかってうれしくなった。

「この部屋に、という意味だ。苦労して父を探しに来てくれた君を置いて、僕があっさり帰ると思うかい？」

「キプロスで大事な仕事があるんじゃなかった？」サミが静かに言った。

「息子のほうがはるかに大事だ。まだわからないのかい？　あの島に行けば、君は専用の寝室を与えられ、部屋から一歩出ればもう地中海だ。ベッドの横にベビーベッドを置いて、君もこの子も快適に過ごせる。だが、この部屋にとどまっても構わない。君がそうしたいなら。好きなほうを選ぶといい」

サミが唇を固く結んだ。どちらの選択肢も気に入らない証拠だ。「いつ出発する予定なの？」

「二時間前だった。ホテルの前に車を待たせてる」

サミが迷っている間、リックは辛抱強く待った。「怖いのよ」彼女はついに打ち明けた。

「ジェノヴァの警察署長に、リックの祖父を見つけてくれと助けを求めた女性は戦士だった。僕は君が思う以上に喜んでいるんだ、息子がその気質を受け継いでいるとわかって」

「そんなのまだわからないじゃないの」サミが震える声で言い返した。

リックはぐいと身を乗り出した。「君がくぐり抜けてきた精神的にも肉体的にもつらい状況で、たくましく生き延びる胎児がどれだけいると思う？」

サミの苦しげな視線がリックの視線とかち合い、彼が求める答えを与えた。

「荷物をまとめたら、僕が階下まで運ぶよ。パフォスまでは二、三時間だから、搭乗したら食事にしよう。君はどうか知らないが、僕は腹ぺこなんだ」

サミは息子を見て、またリックに視線を戻した。「あなたがそれでいいと確信しているなら」

「僕の人生で、これほど確信していることはない」

まだしばらく迷ったのち、サミはクローゼットへスーツケースを取りに行った。それを見てようやく緊張が解けたリックは、携帯電話を取り出し、パフォスの別荘にいる家政婦に電話をかけて、指示を与えた。そしてサミがささやかな荷物をつめる間、カルロと運転手と話し、予定を変更させた。

さっき警察署からホテルへ向かうまでは、父がこの女性と浮気をしたのだと思っていた。まさかクリスティン・アーガイルがあのサミだったとは。さらに驚いたのは、ドアの向こうで泣いていた赤ん坊がほかでもない自分の息子だったことだ。

サミは脚がふらついていた。ショックと空腹、その両方のせいだ。リックが生きているなんて、思ってもみなかった。でも、彼は確かにここにいる。引き締まった長身のそのイタリア人男性は、肩にもたせかけた赤ん坊を片手で押さえ、もう一方の手で私のスーツケースを運んでいる。

けれど、彼には婚約者がいた！ その事実が巨大なネオンサインのように点滅している。ほかの女性のものと知りながら、どうしてのこのこついていけるの？ それをわかってもらおうとしたのに、彼は私の懸念に耳を傾けようとしなかった。

「重いな」サミの心境などお構いなしに、リックが関係のない話をした。「何が入っているんだい？」

「粉ミルク。万一に備えてたくさん持ってきたの」

リックが笑い、まわりの視線を浴びた。ベビーシートとマザーバッグを持って彼の横を歩きながら、サミは思った。どう見てもクリスマス休暇をホテルで過ごした家族連れなのに、この男性の婚約者はジェノヴァのどこか別の場所で、何も事情を知らずにいるのだ。

罪悪感に駆られ、ホテルのクリスマスの装飾もほとんど目に入らなかった。わかったのは、リックの得意げな様子と、ホテルの客やスタッフが我が子を抱く彼を見てほほえんでいることだけだ。

それに、女性たちが老いも若きもみなゴージャスなリックに目を奪われ、憧れのまなざしで見ているのにも気づいた。彼はまさにそういう男性だった。息子も彼のように成長するかと思うと、サミはわくわくした。するとまた、婚約者のいる彼をそんな目で見ていることに新たな罪悪感がわいた。

リックはサミの先に立って正面玄関のドアを出た。たしか車が待っていると言っていた。だが、ホテルの前に車はなく、あるのは三台の黒い豪華なリムジンだけ。真ん中の一台は窓が特殊なスモークガラスで、ボンネットに古代の船乗り像のような珍しい金のマスコットがついていた。

リックのボディガードが二人、リムジンのドアを開けてサミを乗りこませ、荷物を積み、ベビーシートを所定の位置に固定して赤ん坊を寝かせた。彼らがリックに忠実なことに驚いたサミは、ななめ向かいに座っている彼の漆黒の瞳をまじまじと見た。リムジンが走りだした。「どういうこと？」

「空港へ向かっている」太い声がサミの体に染み渡り、感覚を刺激した。

「でも、これで？」

「乗り心地が悪いかい？」半ば閉じたまぶたの奥で目が笑っているのかもしれないと、サミは思った。

「答えるまでもないわ。ねえ、運転手はなぜあなたを閣下と呼んだの？　イタリア語はわからないけど、それくらいは聞き取れるわ。だから私の勘違いだなんて言わないで。あなたは政府の要人?」

リックは、すやすや眠っている赤ん坊の頭のてっぺんにキスをした。「海運業者だと言ったろう?」

サミはつめていた息を吐いた。「それだけじゃないはずよ! いったい何者なの? お願い、本当のことを教えて」もしかして、とんでもなく厄介な職業なのでは? 親密なひとときを共有したとはいえ、彼については何も知らないも同然なのだ……一番重要なことを除けば。

彼は、婚約中にもかかわらず、なんのためらいもなく息子を受け入れてくれた気骨のある男性だ。同じ行動をとる男性がいったいどれだけいるだろう?

「僕はアルベルト・エンリコ・デジェノーリ十三世だ」

「ご先祖はみんな同じ名前なの?」

「ああ」

思わず悲鳴に似た声がもれた。「興味深い話だけど、それで全部ではないわね。生き埋めになったとき、そんなことはひと言も言わなかったわ」

黒い眉の片方がつりあがった。「君だって、学生だとも、通っている学校がどこかも言わなかった。話してくれていれば、何カ月も前に見つけていたはずだ」

そうすれば二人の人生は今とは違っていたかもしれないという意味なら、もう遅すぎる。サミの体は震えた。「あのときは、しゃべりすぎないようにしようと決めたはずよ」

「ああ。その代わり、僕たちは命懸けの状況で最も根源的な形で交わった。あの暗闇がスリルを与え、喜びを深めて、結果的に子供を授かったんだ」

その言葉で呼び覚まされた記憶に、サミの体がいっきに熱をおびた。

「いつか、あの苦境に負けずに命を誕生させた僕たちに、この子は感謝するだろう。僕がいない間、精いっぱい面倒を見てくれた君には、いくら感謝してもし尽くせないよ、サミ」

その賛辞に胸を熱くしながらも、これからはずっとそばにいると言わんばかりの言葉に、サミは激しく動揺した。言葉の裏に強靭（きょうじん）な意志を感じたのだ。警察署でリックが二人きりにしてもらえないかと言ったとたん、コレッティ署長はさっと席を立った。自分のオフィスなのに！　考えてみると、署長はすぐにリックを探し出した。〝いったい何者なの？〟ともう一度尋ねようとしたとき、リムジンが急停止し、サミははっとした。

「着いたよ」リックが小声で言った。見はからったようにドアが開く。

車から降りてサミが見たのは、グリーンと白のまばゆい自家用ジェット機だった。機体にはデジェノーリという金文字と船乗りのマークが入っている。リックの部下の一人がさっさと彼女の荷物を持って、自家用機へ案内した。サミはタラップをのぼり、すぐあとに赤ん坊を抱いたリックが続いた。

客室乗務員が豪華な白い革製の座席にサミを案内した。リックは二人の間の座席にベビーシートを固定し、再び眠りに落ちた赤ん坊を寝かせた。席につくとすぐ、シートベルト着用のサインがついた。まもなくエンジンが作動し、自家用機は滑走路に移動を始めた。

夢ではないとわかってはいるけれど、サミはこの思いがけない展開にまだ現実感を持てずにいた。改めて、これからまる一週間リックと二人きりで過ごすのだと思うと、新たな興奮に体が震えた。

リノにいるパットに電話をかけ、すべてを話しておけばよかったが、まるで自然の猛威のように、すべてが急展開した。今は姉とおしゃべりできる状況ではない。すぐそばに座っているリックに聞こえてしまう。電話は、パフォスに到着して落ち着いてからにしよう。

私の人生最大のサプライズに、パットはさぞ驚くだろう。リックに婚約者がいて赤ん坊のことをまだ知らずにいると聞いたら、きっとかんかんになるはずだ。

飛行機が巡航速度に達し、シートベルト着用のサインが消えると、客室乗務員がおいしいパスタとチキンのディナー、それに甘口の白ワインを運んできた。サミがワインをひと口飲むと、リックが目をまるくした。「母乳じゃないらしいね」

サミはグラスを置いた。「与えてみたけど黄疸（おうだん）が出て、小児科の先生に粉ミルクを勧められたの。最初からよく飲んでくれたわ」

リックはまた赤ん坊に視線を戻した。「ホテルでも、最後の一滴まで飲みほしていた。目が覚めたら、ぜひ僕がミルクを飲ませてやりたい」

赤ん坊は父親の声を聞いていたに違いない。一分もたたないうちに目を開けて声を出した。リックはすぐに赤ん坊をシートから解放し、抱きあげた。

食事を終えると、サミは立ちあがってマザーバッグの中を探り、新しい哺乳瓶と清潔なタオルを出した。「またおなかがすいちゃったみたいね」身をかがめて赤ん坊の頬にキスをし、リックに哺乳瓶を手渡す。「口に入れてさえあげれば、あとは全部この子がやってくれるわ」そう説明しながら彼の右肩にタオルを置き、また座席に座った。

ミルクを飲ませる前に、リックは赤ん坊をあやし、入ってきた乗務員に向かってわざわざ持ちあげてみせた。にこやかにイタリア語の会話が交わされ、それから乗務員が食器を下げた。

どうやらリックには父親としての素質があるらしい。父親に世話してもらって満足そうにしている息子を見て、サミは少しだけ嫉妬を覚えたが、感動もしていた。赤ん坊がくるまっている白いレースの縁取りがついた青いベビーキルトは、父親が着ている褐色のジャケットによく映えた。

そのジャケットが、リックのためにイタリアの有名デザイナーが仕立てたものなのは間違いない。二人が暗闇の中で身を寄せ合っていたとき、彼はシャツを着ていた。でも、

〝男は身なりで決まる〟という格言はリックには当てはまらない。明るいところでも暗いところでも、リックはすてきだ。

彼のことをそんなふうに考えるのはやめなさい、サミ。彼はほかの誰かの夫になる人なのよ。

サミはふとリックの視線を感じた。「僕たちの息子は完璧だ」

サミもリックについて同じことを考えていた。世界中の男たちの中で、よりによってなぜ彼と雪崩に巻きこまれたのだろう？　「この子を見ていると、おとぎ話に出てくる幼い王子を思い出すの」

「公爵じゃない」リックはサミの言葉を正し、息子の頬にキスをした。「伯爵だ」

サミは驚いて目をぱちくりさせた。

「初代アルベルト・エンリコ・デジェノーリは航海に出て、ジェノヴァに莫大な富を持ち帰った。その功績をたたえ、時の統治者から伯爵の位を授かったんだ。海運業に投資を重ね、長年の間に富はふくらんだ。デジェノーリ一族の歴史は十三世紀までさかのぼる」

サミは、まさか一日に二度もショックを受けるとは思っていなかった。今ようやく、リムジンのボンネットについていた金の船乗り像の意味がわかった。たった数時間のうちにあまりにも多くのことが明らかになったせいで、頭がくらくらしてきた。

両手で座席の肘掛けを握り締めた。リックは伯爵なのだ。あと二、三週間もすれば、彼の婚約者は伯爵夫人になる。なんてこと！

「この子を産んだとき、君はそうとは知らずにアルベルト・エンリコ・デジェノーリ十四世を誕生させた。この子は僕の長男だから。本来なら、僕の跡を継いでこの子が伯爵になるはずだ」

リックの言わんとすることはわかった。その栄誉は、彼とエリアナの間に生まれる息子に与えられるということだ。私の産んだ子は決して次の伯爵にはなれない。なぜなら婚外子だから。

「父が亡くなったあと、爵位は僕に引き継がれた」リックは何気ない口調で続けた。「だが今の時代、爵位などなんの意味も持たない。だからどうか忘れてくれ、サミ。僕たちの息子はただのリック・アーガイル・デジェノーリだ」

このことがのちのちどんな影響を及ぼすかを考えると、サミはぞっとした。「リック、私もばかじゃないわ。伯爵であるあなたの婚約が社会的に重要な意味を持つことはわかっている。あなたの決断が思わぬ問題を引き起こすかもしれないのよ」

「そのとおりだ。だが、このことはまだ誰も知らない。あとでゆっくり話し合おう。とりあえず今は君や息子と過ごす時間を楽しみたい。少しの間だけ辛抱してほしいな」

その口調からリックの思いが伝わってきた。サミはうなずき、明かされた新事実を理解しようと努めた。辛抱できるかどうかはわからないけれど、しばし責任や義務から解放されて新米パパ気分を味わいたい気持ちもよくわかる。

「こんなこと、前例のない事態だものね」サミはついに折れた。「ずっと逆らってばかりいてごめんなさい。あなたが言うとおり、私は妊娠している間に母親になる自覚をはぐくんだ。だけどあなたのほうは、今日の午後に自分が父親だと知ったばかり。二、三日はなるべく心配しないように努力するわ」

沈黙が訪れ、リックが身をかがめてサミの両手に自分の手を重ねた。腕から体へ彼の熱が伝わった。「あのときの君らしい言葉だ。残された時間はもうないと悟った、あの恐怖の瞬間を切り抜けさせてくれたときの」

サミの目に涙がにじんだ。「そうならなくて本当によかった。リックを授かったのは、私にとって最高の出来事よ」

「僕たちはいい仕事をした、そうだろう?」ハスキーな声で言うと、リックは重ねていた手を離した。

サミは小さく笑った。「ええ。私の家族も友人たちも、この子に夢中なの」パットは一度ならず、こんなにハンサムな子の父親はきっとローマ神話に出てくるような人だと言った。

今、サミはリックの顔をこっそり盗み見しながら、パパはどんな彫像よりすてきだったと姉に報告できると思った。それと同時に、彼がまもなくほかの女性の夫になることも思い出さずにはいられなかった。

「ねえ、教えて。あなたはお金持ちなの？」サミはからかうように尋ねた。

リックは赤ん坊の頭のてっぺんにキスをした。「それは、その人の定義によるな」憂鬱そうに言い、はぐらかした。この父親は一般人とは違うのだ。

「エリアナのご家族はお金持ちなの？」

端整な顔に影がよぎった。「ああ」

そのとき、赤ん坊が突然大きなげっぷをし、二人は大笑いした。リックの顔から暗い表情が消えたのを見て、サミはほっとした。この子に比べたら、ほかのことはすべてどうでもよく思えてくるものだ。

「よけいな詮索をしてごめんなさい。伯爵なんてお目にかかったことがないから」

「自分が伯爵だってことを思い出したくないんだ、サミ。何の意味もない」

サミは目を丸くした。「あなたを閣下と呼ぶ人たちにとっては、そうじゃないわ」

リックは顔をしかめた。「古い習慣はなかなかなくならないものだよ」

「あなたの気持ちが聞けてよかった。あなたをうっかり伯爵と呼んだりしないようにするから。いつかこの子に話すかどうかは、あなたにまかせるわ」

リックがはっと息をのむのがわかった。「君はこの子の母親だ。まだ誰にも話していないことを教えるよ。父亡きあと、僕は爵位を正式に放棄する措置を取った。もう誰にも継承されないよう、法的手続きをしたんだ。つまりこの子も、この子に続く子供たちも自由な人生を歩むことができるんだ」

サミは心配そうに彼を見た。「そんなに重荷だったの?」

リックが物憂げに彼女を見た。「君にはわからないだろうな」

「その話を聞かせて」あなたが愛する女性のことを忘れさせて。

「爵位は必ず長男にゆずられる。物心ついたころから、僕はそればかり聞かされてきた。みんなが僕に注目した——僕の教育、僕の社会生活、僕の義務、僕の未来の妻。だが、弟妹(きょうだい)は無視された。ヴィトーとクラウディアは、まるで僕の人生の備品みたいなものだった。弟は自信も達成感も持てず、自分の殻に閉じこもってしまった。クラウディアは女だから、最初から問題外という感じだった。父からひいきにされるたびに、僕は内心ぞっとした。弟と妹が置き去りにされ、ときには忘れられているのを知っていたから」

「ひどい話ね」サミはささやいた。

「君にはわからないだろうね。僕はそれに嫌気が差して、いつか自分が伯爵になったら、この恐ろしい支配の構図を跡形もなく壊してやろうと心に誓った。父親を埋葬したあと、ついにその日が訪れた」

今のリックの話について、サミはしばらくじっくり考えた。一部の社会ではいまだに爵位が重要だと考えられているが、リックはその考えを忌み嫌い、自分の爵位を放棄する手続きを取ったという。ふつうならできないことだ。よほど強い信念がなければ。サミは心から感嘆した。

リックの弟と妹も、そう聞かされても初めはとても信じられないだろう。だが、曲がりなりにも伯爵である彼には、思いどおりにする権利がある。

私が爵位という言葉に憧れを感じていたのは確かだ。二人が愛し合い、次世代のデジェノーリ伯爵が誕生したという事実をひそかに喜んでいた。ほんの少しだけ。ついさっきまでは、そのロマンチックな響きにうっとりしたものだ。

でも、リックにとってその制度がどんなにおぞましいものだったか知った今では、自分が恥ずかしい。まるでおとぎの世界にいるような気分にひたっていた。自分は若いメイドで、一緒にお城で暮らすために、ハンサムな王子様にさらわれていくところなのだと。ところが、このおとぎ話には重要なただし書きが二つあった。

クリスマスイブには魔法が解け、私と赤ちゃんはネヴァダ州へ帰って、そこで残りの生涯を送る。そしてリックは、新年を迎えるとともに結婚する。

サミは座席で背筋を伸ばした。「爵位を返上したと知ったら、エリアナはどう思うかしら?」

即座に答えが返ってきた。「彼女には受け入れてもらうしかない」

「伯爵夫人になるのが彼女の夢でなければいいけれど」なぜかサミの鼓動は速くなった。

「彼女にはいつ伝えるの？」

「認可の通知が届きしだい。一週間前に届くと思っていたんだが、アメリカと違って、こっちの裁判所はのんびりしていてね」

「そんなことができるなんて知らなかったわ」

リックの喉からまた笑いがもれた。「自分へのクリスマスプレゼントのつもりだったんだが、君は僕が現世で、いや、来世でも考えつかないくらいすばらしいプレゼントをくれた」そう言って彼は赤ん坊を反対の肩に移した。すっかり息子に心を奪われている様子だ。サミにはその気持ちがよくわかった。「僕たちのかわいいビンボは、おねむらしい」

「ビンボ？」

「イタリア語で〝子供〟のことだ。愛情をこめた呼びかけさ」

「やさしい響きね」サミはつぶやいた。「今はまだ、基本的に食べて寝るだけだから手がかからないけど、あとひと月もすれば、きっとがらりと変わるわ」

リックは赤ん坊の首に鼻をすり寄せた。「聞こえたかい、我が息子（フイリオ・ミオ）？　また夢の世界に行ってしまう前に、おむつを替えてあげよう」

サミはくすくす笑いながら、必要なものをすべて並べた。「おむつってこんなに小さいけど、ものすごい働き者なのよ」二人は顔を見合わせて笑った。

それからリックはおむつ替えに取りかかった。パウダーをはたきすぎ、二、三度失敗してやっとテープを正しく貼り、どうにか息子のおむつを交換した。

「ブラボー」サミはほめた。

リックは赤ん坊を抱きあげ、その頭越しに彼女を見て言った。「次はもっとうまくやるぞ」

「私も何度おむつをおかしな具合につけたかわからないわ。リックはとても我慢強い子なの」

無言の了解で、リックが赤ん坊を胸に抱いたまま、二人は腰を下ろした。「出産のときの話をしてくれないか。生まれるまで時間がかかったのかい?」

「十八時間くらいかしら」

リックが真顔になった。「たった一人で?」

「いいえ。姉と義兄がかわるがわるついていてくれて。二人には何から何まで世話になっているわ」

リックの顎がこわばった。「僕がついているべきだったのに。生まれる前から男の子だとわかっていた?」

サミは口元をほころばせた。「ええ。超音波画像を手渡された瞬間から、リックと呼んでいたわ。女性の技師で、おなかの子は男の子で五体満足だって教えてくれたの。あなたも一緒にこのニュースを聞いてくれていたらと思ったわ。横になりながら、あなたが天から見守っているかもしれない、何らかの方法で知ったかもしれないと想像して、どうか喜んでくれていますようにって祈っていたの」

「この子の出生証明書を見せてもらったときの僕の気持ちは、君にもわかると思う。あれは人生最高の瞬間だった」声の震えが、そこにこめられた大きな感動を物語っていた。

「リック、本当のことを言って。あなたが私を捜したのは、私が妊娠したかどうかを確かめたかったから？」

リックの視線がサミの顔の上をさまよった。「違う。実を言うと、君が運ばれた病院で死んだのではないかと思っていたんだ。僕と同じように意識を失い、それっきり目覚めなかったかもしれないと。それを確かめたかった」

「なぜ？」

「もし生きていたら、会いたかったんだ。見ず知らずの二人がなぜあんなふうにつながり合えたのか、納得のいく答えが欲しかった。君と話をすれば、あれからずっと頭につきまとっていた疑問の答えがわかるかもしれないと思った」

サミはうなずいた。「私も同じ疑問を持っていた。でも、説明はつきそうにないわ。あのときの私たちは、文字どおり肉体的に惹かれたわけじゃなかった。ばかげていると思われるかもしれないけど、二人の魂が語り合ったとしか表現のしようがないの」

「あるいは、別の次元で認め合った？」リックが付け加えた。

「そう、まるでお互いに最後のさよならを告げているみたいに……自分たちの体を使って」

「僕も同じことを考えていたよ、サミ。ばかげてなんかいない」

「そう感じていてくれたならよかった。何度も考えたけど、納得のいく結論はそれしかなかったわ」サミはじっとしていられないかのように体を動かした。「最初にオークランドへ戻ったときには、体の中ががらっぽになったような気分だった。あなたが死んだと知って、とてつもない喪失感を味わったわ。途方にくれてしまった。あなたと愛し合ったからというだけじゃない。ああなったのは、ありきたりな理由からじゃなかった。つまり……」

「君が言いたいことはわかるよ」リックはサミの心をやすやすと読み取った。

「雪に閉じこめられていたとき、きっと二人とも死ぬんだと思ったの。妊娠のことなんて、意識の片隅にものぼらなかった」

「僕もだ」リックがささやいた。「避妊具を使おうなんて、思ってもみなかった」

「わかっていたのは、私たちの目の前には終わりしかないということ」

「だが、そんな時間の中で、僕は一生分の人生を生きたような気がした」

それはまさしくサミが言おうとしたことだった。

「退院したとき、僕は初め、自分が感じているのは父があんな形で亡くなってしまったことへの悲しみのはずだと思った。ところが、しばらくたっても悲嘆は消えなかった。どんなに深く探ってみても、その底にいるのはいつも君だった」

「私も同じだったわ」サミは自分から進んで語った。「マットは、雪崩にあった心的外傷後ストレス障害(PTSD)だと思ったみたい。私があなたと閉じこめられたことは彼も知っていたけど、最初からすべてを打ち明けたわけじゃなかったの。自分の中で何が起きているにしろ、いつかは抜け出せると思っていた。そのうち妊娠がわかって……」リックの胸で安心しきって眠っている赤ん坊をちらりと見る。「妊娠のこと、大喜びしてはいけなかったのかもしれないけど、とてもうれしかった。もちろん、マットにはすべてを告白するしかなかったわ。だけど、彼は決して心から納得してはくれなかった」少し間を置いて、彼女は言った。「これだけは言えるわ。エリアナもきっと納得できないはずよ」

「ああ。彼女が真実を知って君に会えば、僕たちの体の関係がしっくりこなかったのは君のせいだと思うだろうね」

サミは座席で身をよじった。「私はジェノヴァに来るべきじゃなかったんだわ」

「本気じゃないだろう？」

そう、本気で言ったわけじゃない……。「婚約しているんだから、あなたの愛できっと乗り越えられるはずよ」

「サミ……僕たちは愛し合っているわけじゃない」

今なんて言った？

「僕たちが結婚するのは、双方の家を経済的に潤すためだ。誤解しないでほしい。エリアナにはすばらしいところがたくさんあるし、彼女のことは好きだ。だが、愛してはいない。不運なことに、彼女に結婚を申しこんだとき、僕はまさか、〝いいときも悪いときも〟の〝悪いとき〟が、結婚の誓いを交わす前に訪れるとは思っていなかった」

サミは落ち着きなく体を動かした。リックがエリアナを愛していないとしても、エリアナのほうも彼を愛していないとは思えなかった。彼を愛さずにいられる女性がこの世にいるはずがない。子供がいると知ったら、彼女の心はぼろぼろになるだろう。そのことについてきいてみようとしたとき、シートベルト着用のサインがついた。「もうキプロスに着いたの？」

リックはすばやく立ちあがり、着陸に備えて赤ん坊を固定した。「長いフライトじゃないと言ったはずだ。飛行機を降りたら、気温の違いに気づくよ。ここの空気を吸うたびに、僕は気ままだった子供時代を思い出す。ここで本物の休暇を過ごすのはずいぶん久しぶりなんだ」

「エリアナとも来なかったの？」

「彼女は一度もここへ来たことがない。海があまり好きじゃないんだ。今回は君と一緒だから、一度くらいは泳ぎたいな」

「でも、あなたは仕事で来たんでしょう?」

「仕事も遊びも両方できるさ」

4

リックに再会してからというもの、サミは息つく暇さえなかった。わずか数時間で人生が百八十度変わってしまうなんて、誰に想像できる？　たった今、デジェノーリ伯爵の自家用機で異国情緒あふれる地中海の孤島に到着したところだ。心身ともにくたくたで、彼とここに来たことが正しかったのか、考えようにも頭が働かない。明日になれば、さっそく自分の行動の結果を思い知らされるだろう。

パフォス空港から車をそう走らせないうちに、海を見晴らす高台の私有地に到着した。その十分後には、ギリシア風の二階建ての白亜の別荘の中へ案内されていた。どこを見ても、鮮やかな地中海風の内装が白い壁に映えて美しい。

青いクッション、見知らぬ植物が植わった黄色の壺、赤と金色が目立つ聖画。タイルの床のあちこちに置かれた趣味のいい戸棚やテーブルは、見るからに贅沢なものばかりだ。窓や戸口からは海が見える。リックの別荘は天国だった。自宅がどれほど豪華な屋敷かは推して知るべしだ。

二階の客室にはすでにベビーベッドが置かれ、使用人の仕事の速さに舌を巻くしかなかった。生花が飾られているだけでなく、サミと赤ん坊が快適に過ごせるよう、あらゆるものがそろっている。うれしいことに、飼い葉桶に寝かされた幼いキリストの像がどの部屋にも置かれ、蝋燭がともされている。クリスマスには欠かせない置物だ。リックによれば、この地域にはクリスマスツリーを飾る習慣がないという。

サミはマーラとダイモンを紹介された。六十代らしき老夫婦で、長年この別荘と敷地を管理しているのだという。リックの母親の一族の使用人だった二人は、流暢な英語を話した。

リックが赤ん坊を見せると、二人は歓声をあげてかわるがわる抱っこした。リックが外国人女性と赤ん坊を連れてきたことをどう思ったにせよ、顔には出さず、自慢の息子のように温かく迎えた。実際、リックは二人にとって息子同然なのだろう。

マーラがサミにほほえみかけた。「欲しいものがあれば何でも言ってちょうだいね」

「ありがとうございます」

「あなたみたいにかわいい赤ちゃん。口元がそっくり」

「ご親切にどうも。でも、父親似だと思います」

ダイモンがうなずいた。「ひと目見て、デジェノーリの血を引いているとわかったよ」

「ヴィトーの面影があると思うな」リックが言った。

「確かに少し」マーラが言う。「貝殻みたいな耳はクラウディアね。でも、顔かたちと黒くきらめく瞳はあなただわ、エンリコ」

ダイモンがうなずいた。「名前もいい」

サミは彼を見た。「どういう意味ですか？」

「一家の家長の名だ」

息子を眺めるリックの黒い瞳が温かく輝いた。「だが、今は僕たちのピッコロだ」

「またわからない言葉を使って」

「おちびさんって意味さ」

「すてきな愛称。そんなふうにイタリア語でやさしく呼びかけてもらったらよけいに。イタリア語には好きな単語がたくさんあるわ。チャオとかカプチーノとか」サミが言うと、リックが笑った。

屋敷に入ったとたん、彼の雰囲気がやわらいだことにサミは気づいた。まるで、戸口で不安を脱ぎ捨てたかのように。さっきより幸せそうにさえ見える。警察署で敵意をにじませてにらみつけてきた、茶色のスーツ姿の居丈高な男性とは別人のようだ。

急にリックが心配そうに見た。「もう真夜中だ。君はくたくただろう。何かおなかに入れたければ、ベッドに入る前にマーラが持ってきてくれる」

サミは首を振った。「機内食をたっぷり食べたから、もう入らないわ。でもありがとう」

「あなたも赤ちゃんもゆっくり休んだほうがいいわ」マーラは赤ん坊の頬にキスをすると、ダイモンとともに一階の裏手にある二人の部屋に下がった。

サミはリックのほうを向いた。「すてきな人たち」

「僕には家族同然なんだ。心から信頼している。ここにいる間、この子はとことん甘やかされるぞ」

「運のいい坊や。この子をお風呂に入れて寝かせたら、私もやっとベッドに入れるわ」

「お風呂の入れ方を教えてもらえるとありがたい」

「疲れていないの？」

リックが思わせぶりにサミを見た。「いわゆるハイになっているんだ。とても眠れそうにない」

サミはくすりと笑った。「じゃあ、バスルームにマザーバッグを持ってきて。そうしたら始めましょう。この子、水が大好きなの」

「正真正銘のデジェノーリだな。一族の最初の一人が航海に出て以来、僕たちの血管には海水が流れてるんだ」

リックの言葉にサミは噴き出した。彼の自慢げな顔は、まさしく見ものだった。「長くお湯につからせすぎないようにしないと。指が干し葡萄みたいになっちゃうから」リックの笑い声が屋敷中に響く。「さあ、服を脱がせてやって。その間に私が湯船にお湯をためるわ」

二人のすることは息が合っていた。

湯加減がちょうどよくなったところで、サミは告げた。「この子をお湯に入れて楽しませてあげて」

リックが息子をそろそろと湯の中に下ろす様子を見たとたん、サミは胸が締めつけられた。息子は大はしゃぎだ。うれしそうに手足をばたばたさせ、水を思いきり跳ね飛ばしている。

「これはグリセリン石鹸(せっけん)で、赤ちゃんの髪も体も洗えるの。刺激が少ないのよ。ミルクがこぼれる首のしわや耳の裏を洗うのを忘れないで」

初心者にしては実に器用に仕事をこなすリックの横で、サミはタオルを用意した。

「この子は力が強いな、サミ」

「もちろん。蛙(かえる)の子は蛙ってこと。この意味、わかるでしょう?」

なるほどというように無言でこちらを見たリックがきらりと瞳を光らせた。そして今度は赤ん坊にパウダーを適量はたき、上手におむつをつけた。サミは伸縮自在の黄色のカバーオールを出し、リックが赤ん坊に着せてスナップをとめた。

「これでだいたい終わりよ」サミはリックに小さなヘアブラシを渡した。彼はそれで赤ん坊の柔らかな髪を丁寧にとかした。

とかしおえると、赤ん坊を抱きあげてサミに見せた。「どう思う、マンマ？」

イタリア語の〝ママ〟という単語を聞いたとたん、サミは胸が熱くなった。すべてが自然で、自分は客だということを忘れていた。彼には、この事態について何も知らない婚約者がいるということも。

「今日初めて自分に子供がいると知った父親には見えないわ。この子はあなたにお風呂に入れてもらって喜んでいた。これからずっとあなたでなくちゃいやがるかも。ね、おちびちゃん？」

こんなふうに過ごすのが楽しすぎて、嫉妬心はすでに消えていた。穏やかなまなざしからすると、リックも楽しんでいるのだろう。とはいえ、彼が息子を入浴させるのを傍（はた）で見るのと、彼の妻となったエリアナが子育てを手伝うさまを想像するのとではわけが違う。サミは考えただけで胸が苦しくなった。

赤ん坊がどんなにかわいくても、自分がおなかを痛めたわけではない子供を愛するのはよほどでなければ無理だろう。伯爵か否かにかかわらず、リックの長子を産んだ私への怒りはずっと消えないはずだ。この子だって、その隠れた鬱憤に気づくだろう。

幸せな再婚をした女性を私はおおぜい知っている。でも、それは二つの家族を一つにする作業であって、私たちの場合とは違う。そもそも私とリックは赤の他人で、夫婦だったわけではない。

それに、エリアナはまだ子供を産んでいない。貴族との結婚を前提に花嫁修業を積んできた彼女にとって、子供を、とくに長子を産むことは結婚生活の最重要課題のはずだ。リック自身は伯爵になりたくなくても、彼という存在と爵位はやはり切り離せない。彼が爵位を放棄したと知ったら、エリアナは二重にショックを受けるだろう。かわいそうに。

物思いに沈みながら、サミは作りたてのミルクをリックに渡した。「ミルクを飲ませてくれている間に、私はバスルームを洗ってシャワーを浴びるわ。それから寝るわね」

リックは立ったまま、哺乳瓶に手を伸ばす赤ん坊をいとおしげに抱いている。「今何を考えてた？」

二人ともやけに第六感がさえているようだ。彼は私の心をたやすく見抜いてしまう。

「わかっているはずよ」サミは沈んだ声で言った。「あなたもさっき言ったように、今はその話はやめましょう。赤ちゃんとの触れ合いを楽しむことに専念するの。この子の世話がしたければ、何でもして。あなたの部屋は廊下の向かいだから、夜中に泣き声が聞こえるかもしれない。もしミルクを飲ませたければこっちの部屋に来て、バッグから哺乳瓶を取っていってかまわないわ。ドアは開けておくから」

感情の読み取れないリックの目に見つめられ、脚ががくがくした。

「ゆっくりおやすみ、サミ」彼はそうささやくと、息子と一緒にバスルームを出ていった。

サミはドアを閉めてそこに寄りかかり、不安が去るのを待った。残念ながら、それは決して消えなかった。

リックはサミのスーツ姿しか見たことがなかった。だから翌朝十時にチョコレート色のシャツとジーンズという格好で朝食室に入ってきた彼女に、思わず見とれた。緑の瞳と金髪から豊かな肢体へとゆっくりと視線を下ろしていく。十一カ月前に彼女に触れた記憶は今も鮮明だが、こうして目の当たりにするとはるかに強烈に思い出され、つい視線をそらした。

「あら、お二人さん！」サミは赤ん坊のほうへ駆け寄った。今はリックがテーブルのわきに置いたベビーバスケットに寝かされている。

「今朝一番のミルクを飲ませたところだけど、まだ寝ないんだ。おかげでその間に仲よくなれたよ」

サミは赤ん坊の顔にキスをした。「ダディと遊んだの？　コーヒーを飲みながら新聞の読み聞かせ？　しゃべれたらあなたをダディと呼ぶでしょうね。イタリア語ではなんて言うの？」

「パパだ」

「パットと私は祖父をそう呼んでたわ！」

サミがはしゃぐと赤ん坊も喜び、リックは顔をほころばせた。サミが息子のおなかをそっとついたとき、ピーチの香りが鼻をくすぐった。シャワーを浴びたばかりなのだ。彼女の魅力的なヒップを膝の上に引き寄せまいとするには、強い意志が必要だった。

「リックは朝が好きで、なかなか寝ないの」サミが言った。「あなたと遊んで興奮したから、しばらくは目を閉じそうにないわね」そこでリックを見た。「この子、いい子にしていた？」

「答えはもうわかっているはずだよ」

サミは目をそらし、リックの向かいの椅子に座った。近づきすぎないようにしているのだろうか。インスブルックでの出来事を考えると皮肉な話だ。「夜中に泣き声がしなかったわ」

「疲れていて気づかなかったんだよ。寝ている君を見て、この二カ月間、誰の協力もなく、息子の世話に孤軍奮闘していたんだと実感した」

「文句を言ったらばちが当たるわ。赤ちゃんを授かったことは人生最高の喜びだもの」

「そうは思わない女性もいる」サミは赤ん坊の世話を一手に引き受けている。さて、エリアナはどんな母親になるだろう？　リックは考えずにいられなかった。

「エリアナとは子供を持つつもりでいるの？」

「もちろん。それが一番楽しみなんだ」

「父親になりたがらない男の人もいるのに」

リックもそういう男を何人か知っているが、父は違うタイプだった。跡取りは望んだが、それに伴う父親業は拒んだ。リックは赤ん坊の足に触れながら、父はあらゆる意味で落伍(らくご)者だったと悟った。

やがて思いはサミへと移った。もし彼女の元恋人のマットが最後まであきらめず、結局結婚することになったら？　この子にとってどんな継父(ままちち)になるだろう？　考えれば考えるほど、許せなかった。

「おちびちゃんと一緒に起きたの？」サミが尋ねた。

陰鬱な物思いから、リックは我に返った。「そうだよ。四時ごろむずかる声がしてね。おむつがびしょびしょだったんだ」

サミがにやりとした。「あらまあ。一人でおむつ替えの初体験はどうだった？」

「完璧だったよな、ピッコロ？」赤ん坊の小さな指がリックの小指を握っている。指の形が同じだ。この小さな手ほど自分の心を強くつかむものはこの世にないと、リックは気づいた。この子こそ、父親として手に入れてしかるべきもの、決して手放す気はないと、今初めて実感した。

マーラが部屋に入ってきて、リックのカップにいれたてのコーヒーをつぎ足した。「おはよう、サミ。起きてきたのなら、朝食を持ってくるわね。あなたもコーヒー？」

「ジュースだけでいいわ。どうか気を遣わないで」

「気を遣ってなんかないわ！　私に何もさせてくれなかったら、赤ちゃん（バンビーノ）が泣くところを見るチャンスがないじゃないの。この子を抱っこする口実をずっと待っているのに」

「心配しないで」サミは言った。「すぐに大きな泣き声が響き渡るから。いつでも抱っこしてやって。ただし耳をふさぎたくなるような声よ、覚悟して」

家政婦は笑って部屋を出ていった。

「彼女、君が気に入ったらしいな」

「マーラはあなたを愛し、あなたの息子のことも愛している。だからよ。あの子のことは誰だって愛さずにいられないけど」

君のことだってそうだ。リックは心の中でつぶやいた。サミの思いがけない言葉や行動が僕を魔法にかける。だからこそ、雪崩のあとの暗闇の中で、気がつくと彼女と愛し合っていたのだろう。

そのときは彼女がどんな外見をしているかなんて考えもしなかった。相手はおびえた若い娘で、一人で死なずにすんだことを感謝するばかりだった。意識を失うまで、二人は互いを必要とし、慰め合ったのだ。

病院で目覚め、すべてを思い出したとき初めて、彼女を捜し出し、話がしたいと思った。正気を保たせてくれた相手がどんな女性か知りたいという自然な気持ちだった。しかし、こんなに魅力的な女性だとは想像もしなかった。

昨日コレッティ署長のオフィスにサミが入ってきたとき、見ず知らずにもかかわらず、ふつうではありえないほど心を引かれた。美女なら今まで数えきれないほど見てきたし、婚約者もその一人だ。だが、惹きつける力が違った。

詳しいいきさつを隠して署長と会おうとしたのだから、サミをうとましく思ってしかるべきなのに、逆に惹かれた。彼女は類まれな魅力の持ち主なのだ。

こうして一緒にテーブルにつくと、リックはその魅力をますます強く感じた。サミをキプロスに連れてきたのは間違いだったのかもしれない。

エリアナに電話をしなければならないのに、ずっと先延ばしにしてきた。婚約者の声を聞いたとたん、サミと息子と過ごすこのひとときの魔法は消えてしまうだろう。その心の準備はまだできていない。

我が子はすでに僕の人生のすべてだ。ホテルの部屋のベッドで寝ている赤ん坊の小ささ、よるべなさを目にした瞬間から。この子の中にデジェノーリ家の特徴を見つけるにつけ、驚きは増す一方だ。

リックが物思いにひたるうちに、マーラが朝食を用意してくれた。食べおわるころには、暇をつぶす計画を思いついていた。忙しくしていれば、あれこれ考えずにすむ。今は何も考えたくなかった。この逃避行をただ楽しみたかった。

「サミ、クルーザーで海に出るのはどうだい？」

「賛成！」

「よかった。海からパフォスが見られるぞ。海は凪いでいるし、気温もどんどん上がっている。この子も喜ぶだろう。船内に水着やウエットスーツもそろっている。ダイモンとマーラにも同行してもらおう」

サミはグラスを置いた。「聞いた、おちびちゃん？　冒険に行きましょう。カバーオールとセーターを着せなくちゃね」

僕の提案に飛びついたのは、やはり理由があるからだろう。不安を寄せつけないために気晴らしが欲しいなら、いくらでも与えよう。だが、彼女も僕と同じように強い欲求を感じていて、二人きりになるのを避けたがっているのなら、それを確かめたい。本当なら、あってはならないことだが。

リックはダイモンに電話をし、夫婦での同行を頼んだ。それから息子をサミの寝室へ連れていき、着替えさせた。そのあと自分の部屋へ行って、水着とタンクトップを身につけた。

必要なものをすべてそろえると、屋敷を出てドックへ向かった。サミが息子を抱き、リックが全員分のライフジャケットを用意した。ジャケットを着用し、さっそくクルーザーに乗りこむ。ダイモンがクルーザーを押し出し、そのあと先に船尾にいたマーラに合流した。

　クルーザーには赤ん坊はそこで休むことができる。うれしいことに、舵を取るリックの横にあるクッションつきのベンチにサミが座ってくれた。もやい綱をほどくとゆっくりとブイから離れ、それからエンジンを全開して穏やかな青い海へと出航した。目を真ん丸にした息子から、リックは目を離さなかった。

「この子は気に入ってくれたかな？」

サミがほほえんだ。「血管に海水が流れているというのに、そんなことをきくの？」リックが白い歯を見せてにっこりすると、彼女は続けた。「音も振動もこの子をとりこにしたと思うわ」

「君は？」

「私も海は好きだけど、来たのは久しぶり。本当に贅沢な娯楽だわ。姉夫婦と何度かヨーロッパに来たことはあるけれど、こんなに南へ来たのは初めて。キプロスは美しいわ」

「歴史の宝庫だよ」リックは遠くに見える町を指さした。「あれは新パフォスだ。母の実家はそこにある」

「今は誰が住んでいるの？」

「おじとその家族だよ。旧市街も近くにあるんだ。起源は三千年前のミケーネ文明時代にさかのぼる。中でもすばらしいのはアフロディーテ神殿だ」

「ギリシア神話ね！　高校時代に習ったわ。大好きだった。でも、あなたはまさにその中で育ったのね。ことといいジェノヴァといい、なんてすてきな遊び場なの！　前にも言ったように、私とパットは祖父母に育てられたの。オークランドではサンフランシスコ湾が見渡せたけど、ここは玄関を一歩出れば海ですものね」

「海まで歩いていけたのは、恵まれていたと思う」

「それはそうよ！」声に羨望がにじんだ。

「ご両親のこと、話してもらえるかい？」

「高速道路を通って帰宅する途中で大地震が起きたの。私たちは幼かったから二人のことを覚えていないけど、祖父母がいろいろと話して聞かせてくれたわ」

「気の毒に。どんなご両親だったんだい？」リックはエンジンを切り、サミに向き直った。

「父は化学エンジニア、母は主婦として子育てに専念していたわ。私は父と同じ道に進みたいとも思ったけど、パソコンに興味を持ったの。それで去年の秋、プログラマーになるために大学院に進んだのよ。人生に一つ何か欠けているとしたら、それは両親の思い出だけ。両親がいる友人をうらやましいと思いながら育ったわ。誤解しないでね。祖父母のことはもちろん大好きだったけど、愛情あふれる両親はやはりかけがえのないものよ」

「〝愛情あふれる〟というところが大事だな」リックはつぶやいた。やはり何があっても息子のそばにいようと、改めて決意を固めながら顎を撫(な)でた。「君が勉強を続けていると最初に聞いたとき、大学のことだとばかり思った。立派な母親でありながら、キャリアも追求するとは感心したよ。君には情熱がある。そこまでできる人はなかなかいないよ」

サミが素直にほほえんだ。「お世辞を言っても何もあげないわよ」

「本心だよ」リックは言い返した。「前回ヨーロッパに来たのはどんな用事で？」

「一月の冬休みに、インスブルックへの短期旅行ができるフリーパスを姉にもらったの。行かなかったら、しばらくは休暇なんて取れないとわかっていたし、マットとも別れたばかりだったのよ。姉からは、その近辺のホテルをいくつかリサーチしてフィードバックをしてほしいと頼まれていた。姉の旅行会社ではオーストリアにおおぜいスキー客を送りこんでいるの。雪崩事故のあった日、私は列車で近くの村をいくつか視察する予定だった。イムストの町にいたとき、あのホテルに立ち寄ってチェックし、吹雪がやむのを待っていたの」サミは一瞬口をつぐんだ。「あとは知ってのとおりよ」

リックは感情を抑えてサミを見つめた。「同じころ、僕は父の部屋を出たところだった。ひと眠りしたいと言う父を置いて、こわばった脚を伸ばしに散歩に出ようと思った。部屋に上着を取りに行き、ロビーに続く階段へ向かった。上着を着ようとしたそのとき、ホテル内で爆発が起きたのかと思った。次に気づくと、闇に閉じこめられていた。誰かのうめき声が聞こえ、一人じゃないと知ってほっとしたんだ。それが君だった。あの日僕たちがあそこで出会ったのは、まさに天文学的な確率だったんだよ、サミ」

「そうね」

「僕たちに赤ん坊が生まれたのは君のお姉さんのおかげだ。アルベルト・デジェノーリが見つかったことはもう報告したのかい？」

サミがうつむいた。「ええ。朝食の前に電話したわ」

「お姉さんの反応は？」

サミが顔を上げた。「あなたの想像どおりよ。ショックに次ぐショック」

「全部話したのかい？」

「ええ」

「君がここに来ることには、当然、不賛成だったんだろうね」

「ええ。でも姉も母親だから、義兄(あに)が子供を溺愛していることを知っている。だからあなたの気持ちも、私が前例のない、先の予想のつかない状況にあることも理解してくれているわ」

「だから、ああしろこうしろと言わなかった？」

「ええ」

「いいお姉さんだ」

「きっと好きになるわ。とても献身的なの……あなたみたいに」

「ほめるのはまだ早い。僕はまだエリアナに何も話してないんだ。誰にも言わずに息子と楽しんでいたことを知ったら、僕の弟妹(きょうだい)は、大事なことを先延ばしにした勝手な男だと非難するだろう」

「あなたの立場になってみなくちゃ、誰にも気持ちは理解できないわ。それが私にもやっとわかったの」ここに来る来ないでもめたあと、サミが急に自分の肩を持つようになってくれたことがリックはうれしかった。「海にこんなにボートが出ているのはなぜ？」

「スキューバダイビングをしているんだ。海底に廃墟の遺跡が眠っている、島でも人気のスポットでね」

サミが興味津々でリックを見た。「あなたももぐるの？」

「若いころはずいぶん。君は？」

「スキューバダイビングはしたことないわ。夏にカリフォルニアのカーメルでシュノーケリングやサーフィンはしたけど。マットがうまいの」

またマットだ。「もぐってみないか？　赤ん坊はマーラとダイモンが見ててくれる。道具はロッカーに全部入っているし、必要なら妹のクラウディアのウエットスーツもある。イルカも見られるよ」

「あなたの婚約者ももぐるの？」

「いや。彼女は根っからの馬好きでね。僕も彼女の家の敷地で一緒に乗馬をすることはあるが、実はウォーターースポーツのほうが好きだ。君は？」

「何でもこなすけど、いわゆる器用貧乏ね」

「これはという得意種目はないのかい?」

「強いて言えば卓球かしら」

リックは横目でサミを見た。「じゃあ、泳ぎの腕前を見せてもらおうか」

「オーケー。着替えたらすぐに上がるわ」

サミが赤ん坊にキスをしてキャビンに下りたあと、リックはマーラたちに事情を話した。二人とも赤ん坊をまかされて大喜びだった。やがて、思ったより早くサミがデッキに上がってきた。ウエットスーツが体に張りつき、豊かな曲線をあらわにしている。彼女が欲しくてたまらなくなった。

サミはベンチの端に座って足ひれをつけた。リックは彼女の形のいい脚には目を向けまいとしたが、無理だった。「準備が整ったわ」

リックはわくわくしながらTシャツを脱いだ。「よし、行こう」サミが飛びこめるよう船のへりに移動するのに手を貸すと、彼女に続いて海に飛びこんだ。濡(ぬ)れた頭を海面に出したサミを見て、こんなに自然体でありながら魅力的な女性は初めてだと感じた。「あの大岩まで泳ごう。そう遠くはないが、もし疲れたら教えてほしい。ダイモンが船をそこまで動かしてくれる。あっちのほうが波が荒いからね」

泳ぎはじめてサミはほっとした。船上で話をしているとき、前に投げ出されたリックの長くたくましい脚に気づいた。まぶしすぎて、話の流れが何度も見えなくなりかけた。

彼はゆっくり泳いでくれたので、遅れずにすんだ。足ひれのおかげでぐんぐん前に進む。大岩に近づくにつれ、波のうねりが大きくなった。いよいよ接近すると、美しい青い海に傾く太陽が目に入った。

先にリックが岩にたどり着き、サミの手を握って引っぱりあげた。「ここは?」少し息が切れているのは、彼が上半身裸のせいだ。筋肉質の体を見ると口の中がからからになった。あの闇の中でもそうだった。見えなくても感触だけで、彼が多くの点で並はずれたすばらしい男性だとわかった。

「アフロディーテが誕生した場所だ。この岩の上で割れた泡から生まれたんだよ。君がその金髪を垂らして風になびかせたら、僕のアフロディーテのイメージにぴったりだ」

どきっとしたが、サミは笑い飛ばした。「もう……イタリアの男の人ってみんなそう」

「いや、僕にはキプロス人の血が半分流れている。ゼウスの物語を聞かされて育ったんだ。彼女の美しさをやっかむ神様たちが戦争を始めると困るから、彼女を火の神ヘーパイストスと結婚させた」

サミはにっこりした。「その話は私も知っているわ。でも残念なことに、彼女は夫に不実で、おおぜいの愛人を作った」

その一人が若き美神アドニスだった。黒い巻き毛と日に焼けたオリーブ色の肌のリックは、少し大人になったアドニスのようだ。胸毛のあるアドニスなんて見たことがないけれど。でも、面と向かってこんなことは言えない。彼には婚約者がいるのよ。いい？

「子供が多いのはそのせいだ」リックが冗談めかして言った。

サミは思わず笑った。「私は一人だけよ。一人でも手に余るわ」

リックの黒い瞳から感情が消えた。「僕たちの子もあれだけ完璧だから、神様に嫉妬されるかもな」彼の物思わしげな声に、サミは鳥肌が立った。

「じゃあ、ゼウスが実在しないことに感謝しましょう」赤ん坊の存在をエリアナが知らないということだけでも恐ろしいのだ。事実を知ったとき彼女がどんな反応をするか、サミは不安だった。

リックと二人でここへ来たのは間違いだった。彼のことを必要以上に意識しながら、サミはあたりを見回し、遠くにある砂利の浜辺に気づいた。「何もかも自然のまま残っているみたい」

「今はそう見えるが、そのうち浜辺の先にあるカフェに観光客が現れる。ここの海には悩める心を慰める魔力があると信じられているんだ。夕方になると夕日を見におおぜい押しかけてくる。船で来るといいのはそこだ。沖に出れば、人込みから離れて海に沈む夕日をゆっくり眺められる」

この海につかって育ったせいで、こんなロマンチックな一面があるんだわ。「孤独が好

「ときには。これはという人が一人そばにいれば、ほかには誰もいらない」リックがうわの空の様子で言った。
婚約者を愛してはいないと彼は言った。過去に愛した女性が今も恋しいのかもしれない。
サミには見当もつかなかった。「こんな有名な場所に連れてきてくれてありがとう。私、
運がいいわ。イタリアに来たときは、二日後にアフロディーテ誕生の地をこの目で見られ
るとは思ってもいなかったもの」
「それなら僕だって、あの雪崩に一緒に閉じこめられた女性とこうして岩にしがみつく日
が来るとは思いもよらなかったよ」
サミは目をそらした。「そろそろ船に戻らないと。赤ちゃんは大丈夫でしょうけど、い
つまでも帰らないとマーラとダイモンが心配するわ」
「大丈夫。ボディガードが監視しているから」
「どこから?」サミは驚いて尋ねた。
「岸辺と、あそこの船から」
今までまったく気づかなかった。リックの堂々たる存在感のせいでまわりが見えなくな
っていた。「ぜんぜん目立たないのね。遊んでいるあなたを監視するなんて大変だと思う
わ。報酬を相当はずまなくちゃ」

リックの笑い声があたりに響き渡り、サミはくらくらした。二人は目を見合わせ、くすりと笑った。「君の言葉を早く彼らに伝えたいよ」

サミは頬がかっと熱くなるのを感じた。「警察署から私を尾行したのと同じ人たち？」

「さあ。彼らもシフト制だから」

「あなたがエリアナ以外の女性と一緒にいるところを見たら、黙っていないんじゃないかしら」

「かもね。重要なのは、リックが僕たちの子だと彼らは承知しているってことだ。命懸けで僕たちを守ることに精いっぱいで、ほかには気が回らないと思うよ」

日が照っているのに、サミは暗い雲の影が通り過ぎたような気がした。「命にかかわるような脅迫を受けたことがあるの？」

「ボディガードをつける程度にはね。だが、君が心配する必要はない」

「心配はしていないわ。雪崩のときもあなたといると安心できたし、それは今も同じよ」

「よかった。じゃあ戻ろうか」

「ええ」

「クルーザーまで競争しよう」

サミは眉を上げた。「イルカ並みの速さで泳ぐあなたに、どうして私が勝てるの？」

リックがにやりとした。「足ひれがあるじゃないか」

「やるだけやってみるわ」リックが近くにいるせいで全身にアドレナリンをみなぎらせながら、サミは泳ぎだした。さっきより海が荒れているとはいえ、なんとか彼をおびやかしてやろうとがんばってはみたものの、行程の四分の三まで来て力尽きた。もう体が動かない。

リックがちらりとこちらを見て、背中にのれと言った。「肩にしっかりつかまって」

言われたとおりリックの背中にのり、波を切って海を進む感覚には、別の意味で興奮した。クルーザーの梯子にたどり着くと、その興奮を知られたくなくて急いで背中から下りた。彼にまたこんなふうに密着する機会があるとは思ってもみなかったのだ。

リックがさっと振り返った。はずみで二人の脚がからまる。サミは思わず小さな声をもらした。

「大丈夫かい、サミ?」

「え、ええ」私はいつこんなに嘘つきになったの?

「足ひれをはずしてあげるよ。そのほうがデッキに上がりやすい」

だめよ、あなたに触れてほしくない。だが、もう遅すぎた。障害物がなくなり、サミは楽に梯子を上がることができた。リックがすぐあとに続く。デッキに上がるとき、再び二人の脚が触れ合った。

出迎えたダイモンがサミにタオルを渡した。「おかえりなさい。楽しかったですか?」

「ええ、ありがとう。楽しかったけれど、今度行くときはもっと鍛えておかないと。最後はリックに助けてもらったわ」毎度のことだ。十一カ月前も彼に助けてもらった。

「ちっとも大変じゃなかっただろう？」リックはサミの耳元でささやくと、息子の様子を確かめに舳先(へさき)へ向かった。サミは彼の息のぬくもりが全身に広がるのを感じ、あわててあとを追った。

赤ん坊にミルクをやっていたマーラが二人にほほえみかけた。「ずっといい子にしていたわ。もっとゆっくりしてくればよかったのに」

「もう少し見ていてくださる？　キャビンでシャワーを浴びて着替えてくるから」

「どうぞごゆっくり」

マーラみたいなベビーシッターがいたら最高だけれど、この贅沢に慣れるわけにはいかない。濡れたものを全部脱いで浴びる温かいシャワーは心地よかった。サミは髪を洗い、タンクトップとジーンズをまた身につけると、タオルを持って浴室を出た。髪を乾かしはじめたとき、力強い手がタオルを突然奪った。

リックはデッキにいるとばかり思っていたのに。

男性に髪をふいてもらったことなど今まで一度もない。リックといると、女でよかったと思うようなことばかり経験する。居心地がよすぎる。もっと触れてほしいという思いがつのって耐えがたくなり、サミは一歩身を引いて彼の手からタオルを取り返すと、目を合わせられないまま言った。「ありがとう。もう自分でできるわ」

リックが彼女の行く手をさえぎった。「見事な泳ぎだったよ。出産してから泳ぐ機会なんてほとんどなかったはずなのに、すばらしいフォームだった。しかもプールではなく海だ。感心したよ」

彼の腕に飛びこんでしまわないように、欲求を抑えこまなければ。サミは目にかかった髪を払った。濡れているせいでカールが強くなっている。「自分でもびっくりしたわ」少なくとも途中で力尽きるまでは。

「今日は楽しかったよ」

「私も」

「準備ができたら厨房（ギャレー）においで。みんなで食事にしよう」

サミは彼に目を向けた。「料理が好きなの？」

「血筋なんだ」

「あなたの血管には海水が流れているんだとばかり思っていたけど」サミはからかった。

「全部つながっているんだよ」リックが彼女の鼻にキスをした。「うまいものをたらふく食べたら、錨（いかり）を上げ、岸に戻る」

5

好物ばかりが並べられたギリシア風バイキング料理で満腹になったリックは、ベビーバスケットの中の赤ん坊を見た。やっと眠ったらしい。デッキの上で沈む夕日を眺めているのは彼とサミだけだ。ほかの二人はキャビンにいる。穏やかな夕暮れだった。

「サミ、一つきいていいかな？　インスブルックに行かなかったら、マットへの気持ちは変わったと思うかい？」二人が復縁するかもしれないと思うと胸がざわめき、尋ねずにいられなかった。

「いいえ」

「それでも雪崩にあったあと、君は彼との関係を完全に断ち切ろうとはしなかった」

サミはため息をついた。「妊娠を知ったとき、おなかの中の子には私一人しか頼れる者がいないんだと気づいたの。私は子供のときに両親を亡くした。この子も父親なしで育つのかと思うとかわいそうで、いつも必ずそばにいてあげようと心に決めたわ。ただ、マットはすてきな人だし、きっといい父親になるとも思った。結婚すればそのうち愛情も生まれるはずだって。でも、赤ん坊のために結婚したと彼が考えるようになるとしたら、それは申しわけないことだわ。彼は、私みたいな過去を背負っていないふつうの女性と幸せな人生を送るべきだもの。私たちみたいな過去を持つ者はほかにいないと思うけど」そう言う彼女の顔から表情は読めない。「だけどまた気が変わって、連絡を取るかもしれない。そのときには彼にも新しい恋人ができているかも。とにかく、もうしばらくは一人でがんばってみるわ」

そこまで聞いて、リックは寒気がした。サミと息子と一緒になごやかに一週間を過ごすという夢は消えた。これ以上見て見ぬふりを続けるには、問題が深刻すぎる。

「僕もがんばるよ」彼はなんとか声をしぼり出した。「寒くなってきたな。そろそろ戻ろう」

もう少しいようと言ってくれないかと思ったが、サミは無言だった。リックは胸にもやもやしたものをかかえながら、ボタンを押して錨(いかり)を上げた。二人は会話もないまま帰路についた。

やがてクルーザーはドックに到着した。すでにダイモンとマーラはデッキに戻っていた。リックが岸に船を近づけ、ダイモンが飛びおりてもやい綱で固定する。桟橋に降り立ったリックは、サミを見おろした。彼女は赤ん坊のライフジャケットを脱がせようとしている。

「決めたよ、サミ」彼女が不安げにこちらを見あげた。「エリアナは僕の電話を待っている。だが、先に君の意見が聞きたい。これからどうなるにせよ、僕たちは一緒に問題に取り組まなければならないんだ」

サミは真顔になった。「どういうこと？」

「明朝、ジェノヴァに戻らないか？　屋敷に帰ったら、エリアナを呼んで君と赤ん坊に会わせる。あるいは明日の午後、自家用機で彼女にここに来てもらってもいい。君はどっちがいい？」

サミは赤ん坊をリックに預け、マザーバッグを持って桟橋に下りた。「彼女に話す決心がついてよかったわ。ここのほうがいいんじゃないかしら。ここなら邪魔が入らないから。あなたの未来の妻として、彼女にはあらゆる可能性を吟味する権利がある。彼女にとってはとてもつらいことだもの」

「そうだな」サミは勇気と良識を持ち合わせた本当にすばらしい女性だ。

「彼女はリックの継母(ままはは)になるのよ」サミの声が震えているのがわかり、リックは胸が締めつけられた。「できれば友達になりたいわ。でも、彼女が受けるショックを考えると、そうなるには時間がかかるでしょうね」

サミはなんて善良なのだろう。こんな女性はめったにいるものではない。リックは我が子が彼女のような母親を持ったことがうれしかったし、謙虚な気持ちにもなった。

「わかった。明日の夜ここに来てほしいと彼女に電話で伝えよう。空港で会うまで理由は話さない。それまでは思いきり休暇を楽しむとしよう。明日はプールで遊ぼうか、ピッコロ?」

リックは赤ん坊を抱き寄せ、すべてが変わるまでにあと二十四時間しかないのだと気づいた。

別荘に到着すると、サミは二階の寝室に上がり、赤ん坊をベッドに下ろした。リックもついてきた。赤ん坊はぐっすり眠っている。薄い毛布をかけてやり、体を起こしたとき、リックがすぐうしろにいるのに気づいた。彼はどこうとせず、サミの肩に手を置くと、落ち着かないようすで軽くもんだ。

きらめく漆黒の瞳が食い入るようにサミを見ている。「僕たちがもし同じ病院に運ばれていれば、明るい場所で改めて互いを確かめ、命を救ってくれた神に感謝しながら抱き合っただろう。だが結局、めぐり合うまでにこんなに時間がかかってしまった。期限切れもいいところだ。一日一緒に過ごしたあとだが、少しだけ君をこの腕に抱かせてほしい。お願いだ」

リックは返事をする暇も与えずにサミを抱き寄せた。髪に顔をうずめてきた瞬間、彼の手が背中を撫でるのを感じた。サミはうめき、本能的にリックの引き締まった体に身をすり寄せた。体の感触、男性的な香り、すべてが懐かしい。彼の手の動きが、首の横に触れる唇が、記憶を呼び覚まし、体の奥に溶岩のように熱いものがあふれ出す。リックの手には私の体の内側をとろかす力がある。

前と同じだわ。あのときはまともに呼吸もできなかったけれど、今も同じ。何トンもの雪に閉ざされているわけでもないのに。今は立っていられるだけの空間があり、窓から芳しい花の香りが漂ってくる。なのに、またも彼に酔わされ、歓喜にひたっている。感覚が麻痺(まひ)し、良識が口を閉ざす。

「君はそのままで今まで会ったどの女性よりきれいだ、サミ。あのとき以上に君が欲しい」リックがこらえきれずに声をあげて激しく唇を求め、二人とも我を忘れた。

いつベッドに運ばれたのか、サミはわからなかった。気がつくとリックと横たわり、彼を求めてやまない気持ちに身をまかせていた。リックといると理性をなくしてしまう。キスされるたびに恍惚(こうこつ)となる。どんどん深く突き進んでいく感じがする。

「事故以来、僕たちのことを何度も夢に見た。君が生きていたなんて……サミ……」

「わかるわ」サミは半ばすすり泣くように言った。「私にも信じられないもの」あのとき柱がぶつかったリックの額の傷にキスをする。だが、そうしながら、ふいに自分のしていることに気づいた。

リックがまた唇を求めようとしたとき、サミは体をころがして立ちあがり、彼の手の届かないところまで逃げた。はずみでバランスを崩し、ドレッサーの端をつかむ。

「行くな。ここに戻ってくれ」リックの目には暗い炎が燃えている。

サミも全身が情熱の塊となって震えていた。「私だってそうしたい。でもいけないわ、リック。吹雪の夜に結ばれたこと、そして奇跡的に再会したこと——私たちが惹かれ合っているのはそれが理由よ。だけど、ただそれだけ。今まで私たちは何も世間に恥じることをしていない。だからこそここでやめて、二度と間違いが起きないようにしなければ」

リックがベッドの上で体を起こした。髪が乱れているとよけいにすてきだ。「つまり?」氷のように冷たい声だった。

サミはあとずさった。「オーストリアでのあなたと私は、宇宙で衝突した二つの天体みたいなものだったってこと。でもその二つの天体は、私たちが今日感じていたような引力で引き合いながらも、もう別の軌道に乗ってとうの昔に遠く離れてしまったの。互いを死んだと思っていたんだから当然よ」

リックは腕組みをした。「再会してお互い奇跡的に無事だったと知った今、再びその引力を感じていることはどうなんだ?」

サミは震える息を吐いた。「忘れるのよ。忘れなくちゃ。あのときは思いがけないひとときを分かち合ったけど、あれは現実とは言えない。あなたはこれから結婚生活を始めようとしている。私には勉強があるわ」リックが無言なので、彼女は続けた。「一月には大学院が始まるの。リックのためにもいい仕事につけるようにしないと」

傷のある彼のこめかみが小さく脈を打っている。「大学はどこだ?」

「リノ大学よ。カリフォルニアから引っ越したとき、そこに籍を移したの。幸い、コンピューター・エンジニアリング学部には夜間コースがあって、昼間はリックといられるわ。何人かのベビーシッターに協力してもらえるよう、話はもうつけてあるの。なんとかなるわ。あなたは数週間後に結婚する。明日の夜、あなたがエリアナに話をしたあと、息子との面会をどうするか、お互いに納得のいくような取り決めをしましょう。彼女も加わってくれることを祈るわ。そうすれば、たぶん彼女にもこの状況を受け入れやすくなるでしょうから」

リックはサミに近寄った。「そんなに簡単にいくと思うのか?」なめらかな声がかえって危険をはらんでいる。

「いいえ」サミは彼から目をそらさずに言った。「でも、ほかにいい解決策がある? あるなら聞きたいわ。ただ今夜はやめて。泳いだせいでくたくた。今夜はみんなゆっくり眠ったほうがいいわ」

リックは微動だにしなかった。「何か用があれば、僕は階下の書斎で電話をかけている」

早く私を一人にして。サミはもう気力を失いかけていた。

リックにもその心の声が聞こえたのだろう。次の瞬間にはもういなくなっていた。

翌朝、サミは寝過ごした。階下に下りると、プールを囲むパティオでマーラが朝食の用意をしていた。リックも息子も姿が見えなかったが、ベビーバスケットがそこにあった。テーブルについたとき、リックが息子を抱いてやってきた。二人の目が合った。

「おはよう。寝坊してごめんなさい」

リックが近づいてきたので、サミは息子にキスをした。「休暇中はそれがふつうだ。おかげでこの子と散歩をして、男同士の話ができた」

サミはほほえんだ。「二人で世直し？」

「もちろん」心がとろけるような笑顔をリックが返した。

うわべは二人とも平然とふるまっていたが、サミは二人の間に漂う緊張感にこれ以上耐えられなかった。胸にくすぶる疑問の答えが今すぐ欲しい。「ゆうべ、エリアナと連絡がついたの？」

リックは感情を表に出さないままうなずいた。「今晩六時半にここに到着する」

「何も知らないんでしょう？　不安だわ」

「それで不安が消えるなら言うが、エリアナには大事な話があると伝えてある。彼女を警戒させただろうが、そのほうがいい」リックは大きく息をついた。「誰か責める相手をさがそうにも……誰もいない」声が尻すぼみに小さくなる。「あのとき僕たちは生き延びようと必死だった。それが罪だというなら責めればいい。だが、それで息子を苦しめるわけにいかない」

「そのとおりね」

エリアナとどんな顔をして会えばいいのかわからないけれど、これはどうしてもくぐり抜けなければならない試練だ。リックの婚約者なのだからすばらしい女性に違いない。そうでなければ、彼が結婚するはずがない。でも、今夜リックが初めて私たちを引き合わせるとき、エリアナの目に映る私は、彼が闇の中で体を重ね、その結果妊娠させた女なのだ。

少しでも理解し合えるかしら？　それとも、嫉妬心と怒りに曇った目でしか見てもらえない？

サミは水色の空を見あげた。プールサイドでは気温が二十度まで上がり、暖かいとさえ言える。向こうに鮮やかなブルーの海まで見えて、とても十二月とは思えなかった。

サミはリックのほうをちらりと見た。彼はビーチチェアに横たわり、息子と遊んでいる。ワイン色のポロシャツと白いカーゴパンツといういでたちだ。その引き締まった体から目が離せない。

またため息がもれた。リックが今何を考えているか、想像するしかなかった。エリアナに事実を告げれば、すぐにこのことは公になる。彼がなだめなければならないのは婚約者だけではない。彼の、そして彼女の家族、友人。彼を知り愛している人全員が浴びせてくる質問に答えなければならない。

つらいのは、二人しか知らない行為——自分たち自身にさえ説明のつかない行為が万人に知られてしまうことだ。リックは有名人だから、彼も私もゴシップの餌食になるだろう。それも悪意あるゴシップの。でも、私と息子はすぐにリノへ帰り、二十四時間パパラッチにつきまとわれる恐れはない。矢面に立つのはリックだ。

もちろん彼なら対処できるだろう。でも、結婚生活に影を落とす。それに、リックがどんなに傷つけまいとしても、息子が複雑な家族関係に気づかないはずはなく、その違和感とともに成長しなければならない。

せめてエリアナが到着するまでは、リックを明るい気分にしてあげなければ。サミは立ちあがった。「ちょっと失礼するわ。すぐに戻るから」

「急いでくれ。君がいないと僕もこの子もつまらない」

リックのそんなささやかなひと言に、心が激しく乱れた。サミは大急ぎで別荘の中に入り、階段を上がった。リックに渡したいクリスマスプレゼントがある。妊娠がわかったあと、彼の父親のために作りはじめたのだ。まさかリック本人に渡すことになるとは思ってもみなかった。

スーツケースの底にあるのは粉ミルクだけではなかった。蓋を開け、前もってクリスマス用の包装紙で包んでおいたアルバムを取り出す。それを胸にかかえると、急いでプールサイドに戻った。

息子と遊ぶのに夢中で、リックはサミに気づかなかった。「改めてメリークリスマス、リック」サミは彼に呼びかけ、戻ったことを知らせた。

リックが目を上げたところで、プレゼントを差し出す。

「あなたのお父さまにクリスマスプレゼントとして差しあげようと考えていたの。今あなたに渡すのがちょうどいいと思って」

リックが腰を下ろして包みを開ける間、サミは赤ん坊を抱き、アルバムをめくる彼を見おろした。

サミはすべてをそこに貼った。写真の数々――自分、祖父母、姉の家族と義兄の両親、リノのアパートメント。リックが生まれた直後に病院で撮ってもらった写真。友人たちからのカード。小児科医のコメント。生後一週間、二週間、そして三週間の写真。子供部屋、ベビーベッド、おもちゃ。息子の祖父に記念に取っておいてもらいたいあらゆるもの。

「この三枚は超音波写真よ。この豆粒みたいなのが私たちのリックなの、信じられる？心音も強いし、何も異常はないとお医者さんは言ってくれた。ほっとしたわ」

リックが急に静かになった。いったいどうしたのかと思ったとき、ふいに彼が顔を上げた。黒い瞳が妙にきらめいている。「一生大事にするよ、サミ」その声は彼の声だとわからないくらいかすれていた。

リックの反応に感激し、サミは言った。「この子が生まれて最初の二カ月を見逃したことを悔やんで、これからはずっとそばにいるとあなたが言ったとき、二重の意味でこれを作ってよかったと思ったの。ゆっくり楽しんで。その間にこの子をお昼寝させてくるわ」

「待って……そこにいてくれ」リックは椅子から立つと別荘に駆けこみ、すぐにダイモンを連れて出てきた。「僕の携帯電話で写真を撮ってもらおう」そう言った次の瞬間には、サミの横に来て肩に腕をまわしていた。強く引き寄せられ、また体がかっと熱くなる。

「これは後世に残る写真になるぞ。そしてこのアルバムの最後を飾るんだ。ダイモン、十枚くらい撮ってくれ。それから君とマーラがリックを抱いている写真も撮ろう。すぐに新しいアルバムも思い出でいっぱいにしてやる」

でも、いつ？　この島でのひとときは現実じゃないのに。

写真撮影がすべて終わると、二人は二階に上がって息子を寝かしつけ、抜き足差し足で部屋を出た。リックはこの空いた時間を使って、ここに来た本来の目的である仕事をするのだろう。サミはそう思いこんでいた。だから、一緒に町までドライブしようと言われたときは心底驚いた。

「赤ん坊のことはマーラにまかせてある。旧市街を君に見せたいんだ」

「仕事は？」

「ほとんど終わらせた」

いつ？　夜中のうちに？　それでどうして赤ちゃんと一緒に朝起きられるの？

「もし時間があるなら、観光は大歓迎よ」彼と一緒にいられるなら、本当は何でも構わない。帰国する前にできるだけ思い出を作ろう。

「暖かいから、コートなしでも大丈夫だが、もし必要なら階下で待っているよ」

「このままで平気」

リックのこんな笑顔を見たら、観光などしなくてもいいくらいだ。

「じゃあ、時間を最大限に有効活用しよう」

二人の乗った車はすぐに、昨日クルーザーで通りかかった市街地に続くA六号線にのった。リックは、海岸沿いに広がる人口四万七千人の近代的な町の起源についてざっと解説してくれた。

新パフォスの繁華街に到着すると、彼はベビーカーを買った。「一つ必要だよ。散歩するときも別荘にいるときも、これに乗せてあの子を移動させられる」

ブティックを見つけたサミは、立ち寄って自分用の着替えを何着か買った。そこら中、クリスマスの飾りつけでいっぱいだ。近くでリックが菓子店を見つけ、ルクマデス――シロップがかかったギリシア風ドーナツをひと袋買った。二人は一緒に食べ歩きした。「友達とよく食べたんだ」

「わかるわ。一つ食べたら、もうとまらない」

二人はドライブを続けた。リックほど一緒にいて楽しい人はいない。今や、彼の提案には何でも賛成せずにはいられなかった。

「前方にあるのがパレオパフォス、旧市街だ。グレコ・ローマン時代のこの島の首都で、地中海人たちのアフロディーテ崇拝の中心地だった。ローマ時代の統治者の宮殿に今も残る見事なモザイクを見せてあげよう」

それから二時間にわたって、二人は宮殿から別荘、劇場、要塞、墓地に至るまで、あらゆる遺跡をめぐった。

「リック、何もかもすばらしいわ」

「そうだろう？ 僕は休みになるといつもここで過ごした。僕だけの秘密の世界だと想像して。おいで、戻る前にもう一つ見せたいものがあるんだ」

リックと過ごす時間がまもなく終わろうとしていることを悟り、サミは怖くなった。エリアナがここに到着したらすべてが変わる。もし思いどおりにできるなら、彼とのひとときを永遠に続かせたい。

まもなく二人は美しい古の教会の前に立っていた。「これはアギア・キリアキ・クリソポリティッサ教会といって、僕の大好きな場所なんだ。母もここがお気に入りで、よく連れてきてもらった」

「今も使われているの？」

「ああ。英語でミサが行われることもある」

サミはその建物が気に入った。「この土地全体がとても神秘的だわ」

リックの黒い瞳が彼女を見すえた。「この町は、紀元一世紀に聖パウロが訪れたときに祝福されたんだ」

サミはリックの生い立ちに思いをはせた。「お母さまに深く愛されて育ったあなたは恵まれているわ」

彼がサミに近づいた。「君が僕たちの息子に心から愛情をそそぐ様子を見てうれしく思うのはなぜか、わかってもらえたかな？　君のおじいさんとおばあさんはここまで孫を育ててあげて立派だよ」

「パットと私はきかん坊だったの。二人が天国に召されたのなら表彰されていると思うわ、きっと」サミは口に出せないさまざまな思いで胸がいっぱいだったが、時間が刻々と過ぎていくのを意識していた。「いつ戻るかと、そろそろマーラが心配しているんじゃないかしら」

リックの口元にかすかな笑みが浮かんだ。「いつまでも戻らなければいいと祈っていると思うが」

二人は車に向かって歩きだした。「あの二人にお子さんは？」

「いるよ。娘が二人いて、どちらも結婚してニコシアに住んでいる。お互い孫を見るために頻繁に行き来しているよ」

「それはすてきね」サミは時計を見て、時間がたつ速さに目を丸くした。「そろそろエリアナが空港に着く時間よ。急いで戻らなくちゃ」

「まあ落ち着いて。充分間に合うから」

リックは少しもあわてていなかった。彼がそう言うのだから大丈夫だと自分に言い聞かせようとしたが、不安が大きすぎた。別荘に到着するとサミは急いで中に駆けこみ、息子を探した。あの子を抱けば、それだけで気が休まるはずだ。

マーラは料理をする間、赤ん坊をベビーバスケットに寝かせていた。リックと一緒にキッチンへ入っていくと、目をぱっちり開けて満足げに横になっている息子の姿が目に入った。ところが、リックがかがみこんで話しかけたとたん、息子はわっと泣きだした。抱っこしてと訴えるように。すぐにリックが胸に抱きあげた。

サミは思わず噴き出した。「ちびのくせに演技派なんだから。あなたがそばに来るたび同じことをするわよ」

マーラが笑顔になった。「パパだとわかるのね」

「あいにくパパは空港に出かけないといけないの」サミは言い、リックに目を向けた。

「私が代わるわ。遅れちゃうわよ」

赤ん坊を手渡すのに、リックがためらうのがわかった。

「この子は、少なくとも今はまだ喜んで私のところに来るわ。あなたにすっかり夢中で、私のことを忘れちゃうんじゃないかと心配になってきたところよ」

「サミ……」

リックの目を見るのが怖くて、サミはうつむきながら言った。「この子を二階に連れていくわね。いろいろとありがとう、マーラ」

「どういたしまして。しばらくはミルクはいらないと思うわ。そろそろおねむじゃないかしら」

十分後には赤ん坊は眠りに落ちた。シャワーを浴びようとしたとき、リックが現れた。サミが初めて見る黒いシルクのドレスシャツと黒いズボン姿の彼は、びっくりするほどゴージャスだった。たちまち心臓がおかしくなったように打ちだす。

「出かける前に挨拶しようと思って」

「あ、ああ……じゃあ、あとでね」サミは言葉につまった。これから起きることを思うと、血が凍りつくようだった。「うまくいくことを祈っているわ」

リックはそれには何も答えずにベビーベッドに近づき、息子の頭を撫でながらささやいた。「すぐに戻るよ、テゾーロ・ミオ」

「今、何て呼びかけたの？」

「僕の宝物と」リックがこちらに視線を向け、二人の目が合った。「君が父を探しに来てくれたおかげで、僕の世界は一変したんだ、サミ」

その言葉に、サミの心はとろけた。「私にとってもこの子は世界そのものよ」声が震えないようにするのに必死だった。「エリアナに会うとき、どうすればいいか、何かアドバイスはある？」

憂鬱そうなまなざしがリックのハンサムな顔を陰らせた。「君は君のままでいい」

そんなの、助言でも何でもないわ。「彼女、年は？」

「二十五歳だ」

私の一つ下ね。「彼女とは……」サミは口をつぐんだ。それ以上続けたくなかった。

「肉体関係があるか？」

「私にはどうでもいいことよ」

「答えはイエスだ」

リックの答えに傷つく権利などないはずなのに、やはり傷ついた。でも知ってよかった。これで客観的に問題を見ることができる。彼は男性として当たり前の欲望を持っていて、エリアナは彼の婚約者なのだ。ただそれだけのこと。女はすべてを脚色しすぎる。

恋人同士であれば、婚約していようといまいと、大半が結婚を待たずにベッドをともにする。リック以外の男性と関係を持ったことがない私は、つまり少数派なのだ。

リックがサミをちらりと見た。「君が次にする質問に先回りして答えるよ。僕はこれまでにもおおぜいの女性と付き合ってきた」

「エリアナがそのことを知っているなら、私たちについて話してもたいして傷つかないかもしれないわね」

リックは物憂げに目を細めた。「そう考えると気が楽になる。その線で行こう、いいね?」

「リック……」

「四十五分後には戻るよ」

サミは身震いした。「支度をしておくわ。何を着たらいいと思う?」

リックはサミの髪からサンダルをはいた足へと視線を下ろしていった。「服を着ていても着ていなくても、君はすてきだよ。自分が一番くつろげる格好でいい」

リックが寝室を出ていったあと、サミはシャワーを浴びながら彼の言葉を思い返し、呆然とした。空港に未来の妻を迎えに行こうとしているときに、これまでの女性関係を引き合いに出して問題を解決しようと考えるなんて、よくもそんなことができたものだわ!

でも考えてみれば、彼は私ともエリアナとも関係を持っている。こんな話は今まで聞いたことがない。

島に来たのは間違いだった。うっかりバケーション気分になっていた。昨夜はあやうく我を忘れるところだった。息子と三人で楽しんだあと、無意識のうちに二人とも気がゆるんでいたのだ。一つ確かなのは、もう二度と誘惑には負けないということ。

今はただ、これから話し合いをする数時間をなんとか無事に切り抜けたい、それだけだ。それさえすんだら、明日の朝には帰国しよう。リックが息子とのひとときを楽しめるよう、私も力を尽くした。でも、その役目ももうおしまい。彼が息子とずっと一緒にいたいと思っても、どうにもならない。リノとジェノヴァは何千キロも離れている。息子の養育については、リックの結婚式と新婚旅行がすんだら電話で話し合えばいい。

明日帰国することをどう切り出そうかと考えながら、サミは髪を整え、化粧をした。それからクローゼットを開け、紺のスーツと明るいブルーのシルクのブラウスを選んだ。ほかの手持ちの服はカジュアルなTシャツとジーンズばかりだ。サミは最高の自分でありたかった。名家の令嬢との初めての顔合わせにはやはりスーツしか考えられない。たとえくつろいだ環境でも、改まった服装でなければ。

支度が終わると階下に下り、専用ドックまで散歩をしてくる間、赤ん坊の様子を見ていてほしいとマーラに頼んだ。自分がいない間にリックとエリアナに別荘へ到着してほしかった。私と会う前に、リックがエリアナに赤ちゃんを見せたほうがいい。

マーラがうれしそうに、起きたらミルクを飲ませておくと言ってくれた。サミは礼を言い、外に出た。

日が沈んでから、もう一時間はたっていた。まもなくリックは戻るだろう。あっという間に空が暮れなずみ、空気も冷たくなっている。それでも夕暮れを楽しむヨットやクルーザーの姿が見えた。パフォス空港から上昇していくジェット機が視界の端に入った。こんな状況でなければ、夜へと向かう魔法のように魅惑的な時間なのに、サミの心は沈むばかりだった。

砂浜との境目に続く小道を歩く。結婚式は花嫁のためのものだと誰もが言う。花嫁は、式当日まで希望と興奮に満ちた毎日を過ごす権利がある。私がリックの祖父を探しにジェノヴァに来たせいで、エリアナの楽しみを無情に蹴散らしてしまったのだとしたら、お詫びのしようもない。

またパットの予言が脳裏によみがえった。

私にもリックにも過去は変えられないけれど、これ以上エリアナを傷つけないために、彼女の前から姿を消すことはできる。

物思いにふけるうちに、思ったより遠くまで来てしまった。すでに暗くなってきている。引き返す途中で、こちらにやってきたダイモンとでくわした。

「あなたを探してくるようにエンリコに言われまして」

「エリアナに赤ちゃんと過ごしてもらう時間を作ろうと思って、わざと外にいたのよ」

「到着してもうだいぶたっています。エンリコはあなたのことを心配していらっしゃいます」

「ごめんなさい。どこにいるの？」

「居間の暖炉のそばです」

別荘に入って奥へと進む。廊下の角から部屋をのぞくと、ソファに座る二人が見えた。襟元のボタンをはずした黒いシャツと黒いズボン姿のリックは、これ以上ないというくらい魅力的だった。腕に抱いた赤ん坊を肩にもたれさせている。小さな頭が動いているところを見ると、目を覚ましているのだ。胸が痛むくらい感動的な光景だった。

そばに座るエリアナは目の覚めるような西瓜(すいか)色のスーツを着ていた。どこを取っても貴族然としていて、ダークブロンドの巻き髪を肩に垂らしたその姿は、フランス人形のモデルにもなれそうだった。

6

「こんにちは」サミは小声で言い、到着を知らせた。

　そのとたん、リックがさっと目を向け、はじかれたように立ちあがった。そのまなざしから、彼が心配しているというダイモンの言葉は嘘ではなかったとわかった。心配させるつもりはなかったのに。

　サミの目は、こちらを向いたエリアナに釘づけだった。大きな琥珀色の瞳には冷ややかな侮蔑がにじんでいる。それ以外には、そのイタリア貴族らしい顔にいっさい変化はなかった。

　彼女がサミを恐れる要素などほとんどないはずだった。ただ赤ん坊は別だ。赤ん坊は自分の子だと、リックは主張している。息子を心から愛し、父親として子育てに積極的にかかわるつもりでいるのだ。

　リックは無表情だったが、爵位を捨てる理由を聞かされたときより決然として見えた。サミは心の中でうめいた。

「クリスティン・アーガイル、こちらは僕の婚約者、エリアナ・フォルトゥレッツァ公爵嬢だ」

彼の結婚相手が貴族だということはわかっていたが、こうして爵位を耳にし、じかに対面してみると、慣れるまで時間がかかりそうだった。「はじめまして、フォルトゥレッツァ公爵嬢」

エリアナが立ちあがった。「シニョリーナ・アーガイル」そう言ってサミの手を握った。

リックの婚約者はいっさい表情を変えずにサミを見返した。リックはエリアナと結婚する理由を正直に明かしているが、エリアナ自身がどう思っているかは誰にもわからなかった。威厳を保つ訓練を受けて育っているとはいえ、こんな前代未聞の場面でさえしゃんとしている彼女にはサミも舌を巻いた。

「さあ」リックが言った。「ダイニングルームに座って話をしよう」二人に続いたサミは、エリアナが長身でほっそりしていること、三つのダイヤモンドが輝く婚約指輪をはめていることに気づいた。

ベビーバスケットはまだテーブルの上にあった。リックがそこに赤ん坊を下ろし、サミとエリアナの椅子を引いた。赤ん坊の満足げな様子を見て、サミはキスはせずに席についた。下手に興奮させて泣かれては困る。

マーラがコーヒーとビスコッティを持って入ってきた。リックが礼を言い、すぐに下がらせた。彼の威厳に満ちた視線がサミをとらえた。「去年の一月の出来事については全部エリアナに話した」

そこまで話が終わっているなら、今度は私の番だわ。サミは咳払いをしてエリアナを見た。「二日前に警察署へ行ったときには、リックのお父さまに会うつもりでした。少なくともそう願っていました」

「ええ」

サミは胸が痛んだ。エリアナがどれほどショックを受け、傷ついているか、想像することしかできない。「あなたをこんなふうに悲しませることになって本当に申しわけないと思っています。ミスター・デジェノーリ・シニアが亡くなったことも、リックが無事だったことも知らなかったんです」声が小さくなった。「彼が意識を失ったとき、亡くなったのだと思いこんでしまって。二人とも生き延びるなんて、あのときは夢にも思わなかった」

「エンリコからもそう聞いています。リックと呼ぶのは、彼がそう言ったから?」エリアナの話す英語はイタリア語のアクセントがきつかった。

さまざまな質問を想定していたものの、まさかそんなことをきかれるとは思ってもみなかった。「闇の中に取り残されたのが自分だけじゃないと知ったとき、名前を尋ねたんです。リック・デジェノーリだと彼は答えました。英語が話せる人でよかったと胸を撫でおろして、私はサミと名乗りました」

「サミ?」

「父の名前がサミュエルで、そこから私の愛称がついたんです」サミは身を乗り出した。「エリアナ、どうか信じて。私はあなたの人生をだいなしにするつもりはないの。お二人が一月一日に結婚することは知っています。だから明日の朝には息子とリノに帰るつもりです」リックのほうはわざと見ないようにした。「結婚式と新婚旅行がすんで生活が落ち着いたら、子供の面会について話し合いましょう。でも、私がアメリカで暮らすのは間違いありません」

エリアナはしばらくサミを見つめていた。「あなたとの結婚を望んでいる男性がいるとエンリコから聞きました」

そこまで婚約者に話してしまったリックを、サミも責められなかった。マットとまもなく結婚すると私が言えば、エリアナもさぞ肩の荷が下りるだろう。でも無理だ。そんなことは絶対にありえないから。私はマットを心から愛しているわけではない。この二十四時間ではっきりわかった。もう迷いはない。

「います。でも、彼とは結婚しないと決めました」その告白に、リックの目の奥を何かがよぎった。こんなに率直に打ち明けたことへの驚きか、あるいは別の感情か、サミにはわからなかった。エリアナは微動だにしない。「少し説明させてください。そうすればわかってもらえると思います。私は幼くして両親を亡くしました。祖父母のことは大好きでしたが、それでも父や母が恋しかった。だから子供が生まれたとき、心に誓ったんです。父親を知らずに育つのだから、全力を尽くして大事に育てようと。この二カ月間、ただそれだけを考えてきました。息子に必要な愛情を与えてくれる男性がいるとは思えませんでした」実は、我が子と接するリックを見たとき、その問題はあっさり解決した。やはり本物の父親にまさるものはない。

「どうやって生計を立てるの？」

エリアナがそんな現実的な質問をするとは予想外だった。私がこうして登場したのは、リックから取れるものは何でも取ってやろうともくろんでのことだと、彼の婚約者なら考えて当然だろう。その点については、今はっきりさせたほうがいい。

「オーストリアに行く前は大学院に通っていたこと、リックから聞いていませんか？」

「聞いたような気がするわ」

「勉強を再開するつもりでいます。プログラマーになれば、二人分の生活費を稼いで、借金を返すだけの報酬は得られます」

「借金はどれくらいあるの？」

エリアナが気にする気持ちはやはりよくわかる。「修士号を取るまでに、少なくとも四万ドルにはなるでしょう。でも、就職したら少しずつ返済します。夜間コースのある大学院に入れて運がよかったんです。帰国したら、スケジュールをメールします。あなたの都合のいいときにリックが息子に面会できるよう、取り決めをしましょう。何かおききになりたいことはありますか？」

少し間を置いてからエリアナが言った。「いいえ」

それなら、もう話すことはない。よかった。サミはこれ以上ここに座っていられなかった。エリアナも冷静さを保つのに苦労しているのかもしれないが、表にはいっさい出ていなかった。

サミはコーヒーに口もつけずに立ちあがった。「失礼します。息子を寝かせて、私もベッドに入るので」そして、ベビーバスケットからリックを抱きあげると、部屋を出る前に一瞬立ちどまった。「今夜リックのおかげであなたに会えてよかったわ、エリアナ。ご結婚おめでとう。どうぞお幸せに」去年の一月にはまだ婚約していなかったとはいえ、私が妊娠するに至った奇妙ないきさつのせいで、二人の間に亀裂が入ったことは間違いないし、修復はむずかしいだろう。「お二人で話し合うことがいろいろあるでしょうから、私は失礼します」

エリアナはほっとした様子だった。それはサミも同じで、気づまりな対面がすんで安堵しながら寝室へ急いだ。二階に上がり、ローブに着替えると、赤ん坊を風呂に入れ、ミルクを与えた。子供を近くに感じたかった。

ダイニングルームを飛び出したときのリックの表情を思い出すと体が震えた。帰国を勝手に決める権利は君にはない、あの目はそう訴えていた。でも、彼がどんなに息子に夢中でも、現実は変わらない。この緊張から自由になりたければ帰るしかないのだ。

天使のような我が子が眠りにつくと、ベビーベッドに下ろした。眠れぬ夜を過ごしたくなくて、睡眠薬をのみ、ランプを消してベッドにもぐりこんだ。

薬が効いて、ぐっすり眠っている間に、リックは起き出してきて赤ん坊を連れ出すだろう。自分たちが子供の世話をする段になったらどんな感じか、エリアナにとってもいい経験になるはずだ。

眠りという名の必要な忘却を待つ間、サミはダイニングルームでの出来事を思い返した。私の話した内容について、エリアナは自分なりに解釈したはずだ。私がイタリアへ来たのは、リックの父親に大学院の学費を出してもらうためだと思ったに違いない。リックが生きていれば、なおさら好都合だと。伯爵はいい金づるだし、息子のためとあれば何でもするだろう。彼はそれをすでに身をもって証明している。

薄情な男なら、私にさっさとお金を渡して、問題が明るみに出ないようにするのがふつうだ。でも、リックは違う。父親になったことを喜んだだけでなく、赤ん坊の世話をすることを心から楽しんでいた。あれは演技ではない。

エリアナは婚約者の新たな一面を知ることになるだろう。いつか二人の間に子供が生まれたら、彼が最高のパパになるとわかるはずだ。けれどその前に、彼女はこの試練を乗り越えなければならない。

混乱から抜け出せないまま、サミは寝返りを打った。私たち三人にできるのは、会って話をすることだけ。でも、誰も無傷ではいられない。

サミの視線は、何も知らない赤ん坊にそそがれた。私のかわいい赤ちゃん……。熱い涙が目尻から頬を伝い落ちた。

翌朝目覚めるともう十時を回っていた。睡眠薬のせいで寝過ごしてしまったらしい。大急ぎで飛行機の手配をしなければ。

息子の姿は見当たらなかった。リックとエリアナが世話をしているに違いない。さもなければマーラか。どきどきしながらブラウスとジーンズに着替え、あわてて階下に下りた。リックとエリアナは朝食室にいると思ったのに、サミを出迎えたのはマーラだった。

「おはよう、サミ。エンリコは赤ちゃんとプールサイドにいるわ。そっちに朝食を用意するわね」

「ありがとう、マーラ」

サミは別荘の横手にあるプールへ急いだ。昨日と同じように、リックはパラソルつきのテーブルについていたが、今朝はスーツを着てネクタイを締めていた。新聞も読まずに赤ん坊と遊んでいる。はしゃいでいる息子の姿に、サミは胸を打たれた。リックのコーヒーカップの横には、からの哺乳瓶。エリアナはまだ起きていないらしい。

リックがサミに気づいて立ちあがった。絵に描いたようなジェノヴァ貴族であるこの男性が、私の赤ちゃんの父親なのだ。こんな父子の姿を何度夢想したことか。

「起きてきてくれてよかった」彼がサミに近づいた。「話がしたかったんだ。それに、この子は君を探していた」

サミは息子のほうにかがみこんだ。「どう、楽しかった？」息子の小さな両手を取ってキスの雨を降らせ、顔や首にもキスをした。それから顔を上げてリックのほうを見た。

「エリアナはまだベッド？」

つかのまリックはサミを見つめた。「いや。今、彼女を空港に送ってきたところだ。父親の自家用機でもう帰ったよ」

サミは動揺した。「彼女に申しわけないことをしたわ。私が夢を壊しちゃったのね？もうすぐ結婚式なのに、ショックで立ち直れないんだわ」

リックの完璧な顔にしわが寄った。「違うんだ」

その暗い声を聞き、サミの心は沈んだ。彼は首のうしろをもんでいる。このしぐさは前にも見たことがある。

「エリアナが帰った理由はそれだけじゃない」

「避けられないスキャンダルを恐れたってこと？　つらいとは思うけど、両親を必要としている赤ちゃんのことを考えて、なんとか乗り切ってほしいわ」

顔のしわのせいでリックは老けて見えた。「この子のことは大きな要素ではないんだ」

サミは眉をひそめた。「どういう意味？」

「今朝早く弁護士から連絡が来て、僕は正式に爵位を返上した」リックが鋭く目を細めた。

「君が何気なく言ったことは的中したよ。伯爵夫人と呼ばれる可能性がなくなって、エリアナの夢が壊れたんだ。復位してほしいと言われてね」

「無理だと伝えたの？」

「わかってもらえなかった。この子についても、継母（ままはは）になる気はないそうだ」

「あなたとの子供が欲しいということよ」

「長子に授ける爵位がなければ、それもありえない。彼女の要求は問題外だ」リックの声が怒りでかすれ、サミはますますパニックに陥った。

「どういうこと？」

「面会は認めないそうだ。息子についての親権を完全に放棄して二度と会わないか、結婚をやめるか。クリスマスイブまで返事の猶予をくれたよ。その間、話し合いはいっさいしたくないと言っていた」

サミは息をのんだ。「親になったことがないからよ。そうでなければ、そんな条件を提示するはずないわ。感情にまかせて言っただけ。本気じゃない。時間が必要なのよ。今はつらいだろうけど、二、三日もすれば落ち着いて頭がまともに働くようになるわ」

「いや、今も頭はまともに働いていると思う。僕たちは夏まではただの社交上の知り合いにすぎず、恋愛関係はなかった。なのに、なぜ君のことを黙っていたのかとエリアナは腹を立てている。だから、君を探したが見つからなかったと説明した。亡くなったとばかり思っていたと。たとえ見つけていたとしても、君が僕の子を妊娠しているとは夢にも思わなかっただろうし」

「私もマットに同じ説明をしたわ。気分が悪かった理由を医者から聞かされたとき、私は気が遠くなって、彼の会社で一時間ほど横になっていたの。マットは食事や妊婦用のビタミン剤の話をしていたけれど、ショックのあまりほとんど耳に入らなかった」サミは首を振った。「妊娠しなければ、こんなことは起きなかったはずなのに。あなたと私の人生がどれだけ大きく変わってしまったか、エリアナには想像もつかないと思う。でも、説明もできないわ」

「エリアナに説明は必要ない。彼女にとって大事なのは爵位だけだから」

「リック……ショックがおさまれば、たとえどんな状況でもあなたと結婚したいと彼女も気づくわよ」

「それは違う。期待を背負って育った公爵嬢ではない君にはわからない」

サミは自分の体に腕を回した。「リックの親権を手放すことの意味が彼女にはわからないのかしら」

「理解する気はないと思う」

「でも、この子はあなたの息子なのよ！」

「エリアナは父親が作りあげた世界で育ったんだ。彼女の父親がこのことを知ったら、爵位を取り戻せと僕に命じるだろう。欲しいものを手に入れることが彼にとっては人生の第一義だから。そして、たまたま生まれてしまった子供のことは金で解決しろと言うだろう」

サミは身震いした。「私たちの身に起きたことを信じてくれる人なんか誰もいないのよ」

「間違いなくエリアナは信じない。君はお姉さんが手配したフリーパスでオーストリアに来ていたと話したら、デジェノーリ伯爵がホテルに滞在していると知って、僕に狙いを定めたに違いないと言うんだ。巧みに僕をベッドに誘いこんだのは雪崩の前のことで、たまたま起きた悲劇を利用して情事を隠そうとしているのだと」

サミは椅子にどさりと座った。「彼女がそう考えても責められないわ」

「僕もそう思う。君は赤ん坊が飛行機に乗れるようになったらすぐにイタリアへ来て、僕からお金をせびり取るつもりだったと、エリアナは考えている。そのうえ、僕が爵位を返上したのは、君がリノにいるうちに僕に妊娠を知らせていたせいだと勘ぐっている。僕はそのときすでに婚約していたから、彼女に隠れて必要な法的手続きをすませ、リックを長子として届けようとしていたのではないかと」

「彼女をとがめられないわ、リック。みんな同じように思うはずよ。エリアナは以前からあなたと結婚したがっていたの？」

「わからない」リックは指の関節が白くなるほど強く椅子の背をつかんだ。「親同士が昔から仕事の関係で知り合いだったが、親密になったのは今年の六月だ。十一月には結婚を申しこみ、式の日取りを決めた」

「とてもすてきな女性だわ。あんなつらい場面で平静を保つなんて、ふつうは無理よ」

「興味深いのは、彼女も君についてそう言っていたことだ」

サミはリックの目を見られなかった。「残念だけど、私たちの出会いについてあなたが嘘をついているとエリアナが思っているなら、私を敵視しても不思議じゃないわ。彼女の幸せを壊す気はないと何度説明しても、聞く耳を持たないでしょうね」

リックが小首をかしげた。「彼女も心の底では話を信じているんだと思う。だからよけいに癪なんだろう」

「なぜそう思うの？」

「説明しないとわからないかい？　そんな状況に巻きこまれた男女が、僕たちみたいに互いを思いやることなんてまずありえないからさ」

またしてもサミの体はかっと熱くなった。「そうね」彼女は不本意ながら認めた。

「僕はいまだにあのときの気持ちが忘れられないし、それに身をまかせた理由もわからない。あの経験が僕の人生を百八十度変えたんだ」

「私も同じよ」サミは震える声で告白した。「あのときの私たちはせっぱつまっていたし、二人とも恋人はいなかったし、思いどおりに行動しても誰も傷つける恐れはなかった。でも、今はもう違うわ」

「そうだな」リックがつぶやいた。「あのあと僕たちにはすばらしい子供ができた。そしてこの子は両親を必要としている」いきなり彼に抱きあげられた赤ん坊が高らかに笑った。その幸せな声はまさに天啓だった。リックは息子にキスしては抱き寄せた。大昔からずっとそばにいたように自然に。

サミは胸がいっぱいになった。「そう、何もかも変わってしまった……」

「確かに僕たちはみんな変わった。ゆうべエリアナは、彼女には入りこめない緊密なつながりのようなものが僕たちの間にあると気づいたのかもしれない。昨日と一昨日、君は僕にキスを返してくれた。それを忘れないでくれ、サミ」

「何も忘れてないわ！」ジェノヴァのホテルのベッドに横たえられたとき、意に反して体が熱くなったことも。昨日寝室で息子を寝かしつけたあと、我知らず互いを求め、ぎりぎりのところで理性を取り戻したことも。

リックがサミを射るように見すえた。「それを聞いてほっとした。君はまだリノには帰らせない。遠路はるばるここまで来たんだ、もう少し三人で過ごそう。エリアナが落ち着きを取り戻すまで。もしかすると奇跡が起きて、やっぱり妥協してでも僕と結婚したいと、彼女が心変わりするかもしれない。父親にはそむくことになるが、僕の条件は変わらない。息子と面会できないなら彼女との結婚はない」

サミは震えがとまらなかった。「そんな、ひどいわ。彼女は十一月に婚約発表をしてから、ずっとあなたとの結婚を楽しみにしてきたのよ。あなたの条件をのむためにお父さんの望みを拒むなんて、つらすぎる。反対に父親に逆らえなければ、彼女は結婚式を中止して、大々的に準備してきたことを全部キャンセルするという恥辱を味わわされるのよ」

「それは誤解だよ、サミ。我が家はまだ喪中だから、敷地内のチャペルで家族だけが出席する式を計画していたんだ。記者は立ち入り禁止。ニュースは当然もれるだろうが、写真撮影も記者会見も披露宴もしない」

「かわいそうに」目に涙があふれた。「どうして彼女に付き添って帰らなかったの？」

「ゆうべ君が立ち去ってから、僕の自家用機でジェノヴァに送るから、一緒に彼女の両親に話をしようと提案したんだ。君とこの子にはここに残ってもらって。エリアナは同意した。ところが今朝空港に着くと、彼女は急に気が変わって、まずは一人で親と話がしたいと言いだした」

だからリックはスーツ姿だったのだ。「彼女はなぜそうしたがったのかしら？　あなたが直接なにもかも説明すれば、真心が伝わるはずなのに」

「本当のことが知りたいかい？」

「真実を話してくれなかったら、なにもわからないままだわ！」

「君がジェノヴァに来て以来、僕たちはベッドをともにしていると彼女は思っているんだ。ゆうべは、触らないでと言われた」

サミはうめいた。「つまり……」

「つまり、彼女は別の客室で寝たってことさ」

サミは唇を噛んだ。「ゆうべ、夜中にあなたがこの子にミルクをやったとき、彼女は手伝ったの？」

「音が聞こえたとしても、姿は見せなかった」

「それだけ傷ついていたのよ」

リックは大きくため息をついた。「そこまで彼女を信用するとは見あげたものだ」

「私はあなたとの結婚を心待ちにしてきた女じゃないもの。エリアナは打ちのめされたのよ。それを考えると、彼女の正直な態度には頭が下がるわ。つらいのはあなたも同じでしょうけど」

リックは黒髪をかきあげた。「君はたいした女性だよ、サミ」

「そんなことないわ！」サミは声を張りあげた。「大変なのはあなたたち二人よ。私は帰国すれば別の生活があるけど、あなたたちは問題をなんとか解決して前に進まなければならないんですもの！」彼女は両手に顔をうずめた。「私たちのこと、誤解を解いたの？」

「何のことだい？」リックがしらばっくれた。

「私がイタリアに来てから、二人の間には何もないってこと」

「そうとは言いきれないな」リックの思わせぶりな言葉がサミの体の奥をざわめかせた。

彼女はかっとなって言い返した。「どうして？」

「ベッドをともにしていないからといって、近づくたびに二人の間に走る電流を無視するわけにはいかない」再びサミの体が震えだした。一瞬の間のあと、リックが続けた。「だいいち、一月に別れてから何も起きていないと主張したところで、彼女が信じると思うかい？」

サミは肩を落とした。「私が来なければよかったのね」

「その話はもうすんだはずだ」リックが冷ややかに言い放った。「二度と口にしないでくれ」

サミは大きく深呼吸をして気持ちを落ち着かせた。リックは最初から息子をエリアナに見せて、彼女に有無を言わせなかった。エリアナは彼の強い意志を感じたはずだ。彼は決して折れない。決めるのはエリアナなのだ。彼女が私を殺したいほど憎んでいるとしても不思議ではない。

「あなたはジェノヴァに帰るべきよ。エリアナがあなたに会いたくなったときに備えて。私はパフォスを発つ次の飛行機でリノに戻るわ」

「だめだ。それは認めない。エリアナは、二十四日まで君と僕はジェノヴァには帰らないという条件を突きつけたんだ」

「リック、本当のことを言って。もし彼女が妥協せず、結婚が取りやめになったら、あなたにとっても大きな損害でしょう？　何でもないふりをするのは、私への侮辱だわ」

リックは断固とした表情を浮かべた。「それは僕の問題だ」

「でも責任を感じるわ」サミはきっぱりと言った。「私が現れたせいで、あなたの人生をだいなしにしてしまったんですもの。彼女のご両親に説明しなければならないのはこの私よ。姉夫婦に一緒に来てもらうわ。エリアナにした話を、二人が証明してくれる。私はゆすりに来たわけでも、あなたたちの仲を裂こうとしているわけでもないと、彼女の両親を説得できたら、あなたが犯した過ちを許してくれるかもしれない。だって、彼らも人の親なんだし、あなたが息子と定期的に会いたい気持ちを理解できるはずよ。エリアナが赤ちゃんの存在を認めてくれさえすれば、結婚は成立するわ」

リックの目は笑っていなかった。「君の理論に隙はないよ、サミ。法廷弁護士としてなら満点の説得力だ。だが、最大の問題は爵位の放棄のことなんだよ。エリアナはデジェノーリ伯爵夫人になるつもりだったんだ」

「彼女の気持ちは変わらないと本当に思う？」

「彼女も彼女の父親の気持ちもね」かすれ声でリックが言った。「エリアナは今、根底から揺さぶられている。君やお姉さんが僕の代弁をして彼女の両親を説得しても、意味はない。彼女は自分の内面と闘っているんだから。さっきも言ったように、彼女にとって本当に大切なものは何か、僕は探り当てるつもりだ」

リックはすばらしい宝物のような男性だ。私はずっと、エリアナは彼を心から愛しているのだとばかり思っていた。でも、そうでなかったら？　条件つきの愛情なのだとしたら？

文字どおりこれは〝家と家の結婚〟なのだから、リックがエリアナにずっと疑いを持っていたことは確かだろう。彼は性急に爵位を返上した。もしかすると、一種のテストだったのかもしれない。

サミがリックの心情を分析している間に、彼はスーツの上着を脱ぎ、ネクタイをゆるめた。まるで社会の鎖を断ち切ろうとするように。「着替えたら、またクルーザーに乗ろう。今度は別の方角へ」

「あなたとエリアナを知っている人に、私や赤ちゃんと一緒にいるところを見られたら？」

「構うものか。真実を知るべきなのはエリアナ本人なんだ。今ごろ電話で両親と話をしているだろう。もし彼女が婚約を破棄したいと言えば、ゴシップを封じる策をすでに練っているはずだ。それまでは君も僕も自由だ。キプロスを去る前に、僕のお気に入りのスポットをあちこち見せるよ」

頭の中で警報が鳴りだした。「あなたはここに仕事で来たと言ったわ。私が帰国したほうが仕事がはかどるでしょう」

リックの体が緊張した。「そんなことを言う理由が聞きたい」

「たとえ条件を決めたのがエリアナだったとしても、婚約中のあなたがこうして私たちと一緒に過ごすのは正しいこととは思えないわ」

彼がサミに近づいた。「本当の理由はもっと深いと思う。僕と二人きりになるのが怖いんだろう」

サミは息子を抱く腕に力をこめた。「私が一番心配なのは、ふしだらな女だとエリアナに思われることよ。彼女が口に出さなくても感じるの。結婚を成立させるためにエリアナが面会の取り決めをする気になったとしたら、彼女にずっと嫌われつづけたくない。そうなれば、この子に影響が出るわ。正直に言って、彼女に本当の私を知ってもらえないのはつらいことよ。それはあなたについても言えることだわ。この数日間はただの夢よ、リック。しょせん私たちは、私がここを発てばそれぞれに別の生活を持つ、赤の他人同士なのよ」

二人の間に広がる沈黙は、手で触れられそうだった。しばらくしてリックが口を開いた。

「それなら、この貴重な自由時間に息子とその母親のことをもっと知りたい。これから一生僕たちでこの子を支えていくんだ、今から始めようじゃないか。せっかくの旅を無駄にするのはばかばかしいよ。帰国までこの子とのひとときを楽しもう。君がいやがることは決してしないと誓うから」

リックは約束を必ず守る人だ。それだけは間違いない。

「残りの毎日を楽しい笑いでいっぱいにしよう。そんなことはもう何年もなかった。あの事故以来、君もそうだったんじゃないか？」

彼の声から伝わってくるものがあった。何かを信じたい、信じる必要があるというせっぱつまった気持ちだ。私の心は彼を求めている。それに彼は、いやがることは決してしないと約束してくれた。

またしてもサミは折れ、感情を押し隠すために息子の柔らかな頬にキスをした。「もうしばらく帰らないと、姉に知らせなくちゃ」

リックの瞳がうれしそうに輝いた。「海岸沿いを少し行ったところにレストランがあるんだ。たわわに実った紫色の葡萄が天井からたくさん下がっている。手を伸ばさずにいられない。料理も次々に運ばれてくる。タラモサラタ、ケバブ、葡萄の葉で包んだドルマデス、卵、フェタチーズ、自家製パン、ビール。きっと気に入るよ。僕たちのピッコロも」
ずっと前から知り合いだったような親密さが再び生まれていた。感じまいとするのに、リックの高揚が伝わってくる。彼の言葉に一つ正しいことがあるとすれば、それはこれから一生、私と彼はこの子の親であるということだ。あと何日かここで一緒に過ごし、お互いをもっとよく知れば、将来にわたって協力し合う基盤を築くことができるだろう。

正直に言えば、サミもリックと時間を共有したいと思っていた。彼がどんなふうに行動し、何を考えているのかがわかれば、息子がもっと成長したときに気持ちを理解する助けになるだろうし、離れている父親について話題にすることもできる。

自分の知らない父や母について、祖父母とあれこれ話をしたものだ。両親のことをああして教えてもらわなかったら、人生はもっと味気ないものになっていただろう。息子のために、しばらくはエリアナのことを思い悩むのをやめ、残された時間で父親との思い出をできるだけたくさん積み重ねよう。

7

南カリフォルニアでシュノーケリングをしたことはあるが、ケープ・ガタ付近の海底洞窟ほど楽しい探検はサミにとって初めてだった。この二日間、暖かかったおかげで、あちこちのスポットに出かけた。マーラとダイモンが同行してくれたので、サミとリックは交代で泳いだり、息子の世話をしたりした。

今日はいくつか崖を越えたあと、リックに導かれて澄んだ海にもぐり、知らない魚の名前を教えてもらった。彼は幼いころから海で過ごし、十代でスキューバの免許を取ったという。午後は今までで一番寒くなり、気温が二十度に満たなかった。クルーザーで過ごすにはちょうどよかったが、ゴーグルと足ひれをつけて海に入ると、ウエットスーツがありがたかった。

クルーザーに戻って軽食をつまんだり水分を補給したりするたび、そろそろ上がろうかとリックが尋ねた。だが、サミは首を振り、新しい魚を探しに海にまた飛びこんだ。リックもすぐあとに続く。今回、彼が指さす先にはボラと色とりどりのパーチの群れがいた。

ああ、楽しい！　ところが、次に水面に上がったときには思った以上に日が傾いていた。サミは疲れを感じ、もう戻りたいとリックに合図した。

戻りかけたとき、初めて見る醜い茶色の魚がまっすぐこちらに向かってきた。考える暇もないうちに、リックがサミの腰をかかえて魚の進路から押しのけた。クルーザー後尾の梯子（はしご）にたどり着くと、サミはヘッドギアをはずして尋ねた。「何だったの、今のは？」

リックもヘッドギアを取り、両方をクルーザーの上にほうり投げた。「ハチミシマの胸びれの棘（とげ）にあやうく刺されるところだったんだ。大丈夫かい？」

「ええ、平気」

あちこちの海で泳ぎ、楽しい時間を過ごすうちに、リックがどんなにハンサムか忘れていた。少し離れたところを通りかかったボートが波を起こし、二人の体が一瞬触れ合った。

「僕は一度刺されたことがある。死ぬことはないが、スズメバチより毒性が強い。ふだんは砂の中に隠れているんだ。ふいに目の前に現れたから、一瞬君を助けられないかと思ったよ」

保護本能のせいか、リックはまだ安心できないようにサミの顔をのぞきこんでいる。妙に心もとない気持ちがするけれど、それは彼があまりに近くにいるせいで酸欠になっているからだろう。

「助けてくれてありがとう」サミはささやいた。リックの唇がこんなに間近にあると、つい唇を重ねたくなる。日の出から日没までずっと彼と一緒だった。こんなに知的で楽しい人はほかにいない。

二人で過ごす時間が長いと、リックが欲しくてたまらなくなる。もし今誘惑に負けてキスしてしまったら、愚か者ではすまない。サミはわずかに残った理性をかき集め、梯子に向き直った。デッキに上がる間も、ヒップに添えられた彼の手から逃れられなかった。支えようとしたのかもしれないが、彼自身、手を離しがたくなっているようだった。

幸い、マーラとダイモンが二人を迎え、タオルを差し出した。さもなければ、こらえきれずにリックに抱きつき、彼の言葉は正しかったと証明するはめになっただろう。

サミはリックに目もくれずにキャビンへ行き、ウエットスーツを脱いだ。シャワーを浴び、先日パフォスで買ったTシャツとスウェットパンツに着替える。それから赤ん坊と遊んで気をまぎらそうと急いでデッキに戻ったが、すでにリックが抱いていた。

近づいていくと、リックは息子の小さな頭にいとおしげにキスをしてからサミに託した。赤ん坊はすぐに彼女の首に頭をもたせかけた。「君を恋しがっていた。母親の愛にまさるものはないな」

「私が来るまではあなたにしがみついていたわ。あなたがパパだともうわかっているのよ」

その言葉に、リックは顔を輝かせた。「そうだな」そう言うと、サミがライフジャケットをつけるのを手伝い、バックルをとめた。

リックの目に宿る欲望に気づき、サミの血はわきたった。私がリックを求めていることは彼にもわからないはずがない。なのに彼は約束を守り、私が望まないことはしようとしない。でも、それこそが問題なのだ。

ほかの二人はクルーザーの後部に引っこみ、リックが舵を取った。エンジンをかけ、帰途につく。思いがけず途中でマリーナに寄って、しゃれたシーフードレストランに入った。そこではブズーキが演奏され、ダンスもできる。リックにダンスに誘われたが、サミは断った。これ以上の接触には耐えられない。

彼女が拒んでもリックは気にしていないようだった。ウェイターや常連客たちからかわいがられている我が子を見てご満悦の様子だ。誰もが赤ん坊をちやほやした。ダイモンとリックは写真を撮った。外出するたびにこれだけ撮影していては、二冊目のアルバムもすぐにいっぱいになるだろう。

めくるめく一日が終わり、穏やかな青い海を戻った。ときどきうっかりした瞬間に息がとまりそうになることを除けば、サミはリックといることに慣れはじめていた。人けのないビーチで息子と砂の城を作るときも、心地よい沈黙に包まれて散歩をするときも、ともに過ごす時間を楽しんだ。

帰路では、赤ん坊に風が当たらないよう、リックのかたわらにたたずんでいた。彼と離れたくなかったから、いい口実になった。昨夜は最悪だった。一緒に赤ん坊を入浴させ、ミルクを飲ませてから寝かしつけると、リックが地図を出してきて、翌日の計画について話してから部屋を出ていった。行ってほしくなかった。思わず、行かないでとすがりそうになった。でも、それは許されないことだ。

彼はきっと、前に言っていた大事な仕事のために出かけたに違いない。本当のところは知らなかったし、尋ねる勇気もなかった。一つ確かなのは、それでもリックが毎朝四時には赤ん坊の世話を続けたことだ。交代しようとするといつもリックが先に起きていると、マーラが話してくれた。それを聞いて、サミは思わず口元をほころばせた。

今夜は、リックが部屋を出ていく時間が近づくにつれ、パニックに陥りそうになった。彼がジェノヴァに戻るまでにあと二日しかないと気づいたからだ。これまでのところ、リックはどこへ行くにも必ずマーラとダイモンを同行させて、約束を守りつづけていた。

しかし今夜に限っては、みんなが寝静まったあと、少しだけ一緒に起きていてほしいとリックに言ってほしかった。おしゃべりするためだけにでも。そんなことは考えるべきではないが、リノに戻ったらもう二度とこんな夜は来ないのだと気づいたのだ。

まもなくクルーザーはドックに到着し、四人は別荘へ向かった。リックが赤ん坊を抱き、サミがベビーバスケットとマザーバッグを持って続いた。廊下を進み、居間を通り過ぎて階段に向かおうとしたとき、聞き覚えのない女性の声がリックを呼びとめた。

サミの目の隅に、ピーコックブルーのセーターと折り目のついたクリーム色のエレガントなパンツという格好の黒髪の美人がリックに駆け寄るのが見えた。顔立ちが彼に似ている。赤ん坊を抱いていなければ、彼の首に抱きついていただろう。イタリア語が口から飛び出した。ひどく取り乱している様子だ。

「クラウディア?」リックが低い声で言った。「英語で話してくれ、頼むから（ペル・ファヴォーレ）。来ると知っていれば空港に迎えに行ったのに。マルコも一緒かい?」

「いいえ」

リックの目を物思わしげな光がよぎり、何かあったのだとサミにもわかった。「ここに滞在しているお客、クリスティン・アーガイルだ。ネヴァダ州リノから来た」

その紹介で、彼がサミについて誰にも話していないことがはっきりした。さもなければ、〝ほら、雪崩のときに一緒に閉じこめられた女性だ〟とでも言い添えるはずだ。

「はじめまして」クラウディアが言った。丁寧な口調だが、リックと二人きりで話したがっているのは明らかだ。

「サミ、これは僕のたった一人の妹クラウディア・ロッシだ。夫のマルコと、ジェノヴァの僕の屋敷の近くに住んでいる」

「はじめまして、クラウディア。シュノーケリングから戻ってきたばかりで、汚れているし、くたくたなの。お兄さまと二人きりで話したいでしょうから、私はその間に赤ちゃんをお風呂に入れるわね」

「君にもここにいてもらいたい」サミが赤ん坊を受け取る前に、リックが言い、妹に向き直った。「どうしてここに？　何かあったのか？」

「それが知りたくてここに来たのよ」

リックは黒い眉をひそめた。「ヴィトーとドナータにまた問題が？　ヴィトーが社長を引き継いでから、二人の仲もうまくいきはじめたと思ったのに」

クラウディアが首を振った。「その話じゃないわ。昨日エリアナが電話してきて、クリスマスの買い物に誘われたの」

リックの唇が引き結ばれた。「僕の婚約者の話か」

「ええ。そのあと一緒にディナーを食べて、結婚式のプランについて尋ねたの。そうしたら、お兄さんのほうが答えはよく知っているはずだと言ってさっと席を立ち、そのまま帰ってしまったのよ」

「エリアナがおまえを巻きこむとはね」

クラウディアはちらりとサミを見て、また視線を兄に戻した。「どうしたらいいかわからなかったわ。お兄さんに電話したけど、電源が切られてた。深刻な問題が起きたとマルコに話したら、すぐにキプロスに飛んで事態を把握したほうがいいと言われて」

クラウディアがここへ駆けつけるようにエリアナが画策したのだとしても、リックは驚かなかった。自分では秘密をもらさずに緊急事態を発生させるにはどうすればいいか、彼女なら知っている。

僕のほうから沈黙を破り、息子をあきらめて爵位を回復すると言うのを、エリアナは待っていたに違いない。だがもう待ちきれず、別の作戦に出た。クリスマスイブまでは秘密を守ると約束したのに、妹を巻きこむとは、最悪の間違いだ。

リックにとっては信頼がすべてだった。それがなくても結婚は成り立つかもしれないが、正しい結婚のあり方ではない。

「まずは座ろう」暖炉を囲んで全員が腰を下ろすと、リックは切り出した。「サミと僕の出会いについて話すよ。本当の話なんだ」

雪崩のときの出来事とサミの妊娠のことを打ち明けたとたん、クラウディアの不安げな表情ががらりと変わった。「本当にお兄さんの子なの?」心底ショックを受けている様子だ。

確かにショッキングな話だろう。十一カ月前に必死に生き延びようとした二人の人間に起きたことなど、誰にも信じられるはずがない。

「そうだ。今ではこの子が僕の生きる喜びなんだ。ほら、抱いてごらん。この子に間違いなくデジェノーリ家の血が流れているとわかるから」

リックはうずうずしている妹に近づき、その腕に赤ん坊を抱かせた。キルトをどけて手足が見えるようにすると、その動きで赤ん坊が目を覚ました。黒いまつげに縁取られたまぶたがそっと開く。

クラウディアが赤ん坊をのぞきこんだ。「まあ……天使みたい」

その素直な感想に胸を打たれ、リックとサミは目を見合わせた。

クラウディアが涙で濡れた顔を上げた。「この赤ちゃんにはデジェノーリ家の特徴が凝縮されているわ。でも、ママの面影もある」彼女はサミにほほえみかけた。「こんなに愛らしい赤ちゃん、見たことがないわ」

そのとたん、覚えのない顔と声に反応して、赤ん坊がわっと泣きだした。泣きながら父親を探してきょろきょろする。息子が自分を求めていると知り、リックははっとした。こんなふうに大泣きする息子を見たのは初めてだ。すぐに赤ん坊を抱きあげると、とたんに泣きやんだ。

「ああ、リック」クラウディアは泣きながら笑い、立ちあがってもう一度赤ん坊を見た。すでに甥のとりこになったようだ。

妹だって子供がいたはずなのに。雪崩さえなければ、おなかの子を亡くすこともなかったのだ。

だが、あのとき雪崩がなかったら……。

「エリアナはこの子との面会に反対なんだ」

「なんですって？」その驚き方を見て、妹がどちらの味方かはっきりわかった。

「親権を放棄しろと言っている。二十四日までに答えを出せと。さもないと結婚は中止だ」

クラウディアがぎゅっと目をつぶった。「つまり、お兄さんにとって一番大事なものが何か、彼女にはわかっていないということね」

それを聞いてリックはほっとした。「まだあるんだよ、クラウディア」彼は爵位を返上したことを話した。「知ってのとおり、この旧態然とした制度はそもそも不要な代物だと、僕は前々から考えていた。これが世に知れればおおぜいの敵を作ることになるだろうが、僕は構わない」

クラウディアが目を開けた。「いつ裁判所に申請したの？」

「父さんの葬儀のあとだ。二日前に弁護士から電話があって、正式に申請が通ったと知らされた。僕はもうデジェノーリ伯爵じゃない。爵位は永遠に葬り去られた。僕たちの子孫が将来それに悩まされることはもうなくなる」

「エリアナは知っているの？」クラウディアが声を張りあげた。

「ああ。今週の初めに彼女がここへ来たときに話した。だがマリオには、エリアナと僕の問題が解決するまでマスコミにもれないようにしてくれと言ってある。彼女や彼女の家族に恥をかかせたくない」

「もちろんよ。それはまずいわ」クラウディアがふいに兄と赤ん坊に腕を回した。「うれしいわ、リック！　ヴィトーがこのことを知ったら、きっと生まれ変われると思う。ヴィトーはいつもパパの前で萎縮していたし、お兄さんに対して引け目を感じていた。ヴィトーがいつも問題を起こしていた本当の理由はそこにあるとずっと思っていたの。とくに兵役から戻ってからは。たぶん家族に溶けこめない感じがしていたんじゃないかしら。爵位の呪縛がなくなれば考え方も変わるわ」

「あいつと本当の意味で兄弟になれたらうれしい」

クラウディアがリックの腕にしがみついた。「お兄さんは人が変わったみたい。サミとの間にあった出来事は、言葉では言い尽くせないものなのね」

「息子がいると知って、世界ががらりと変わったんだ。エリアナと婚約したが、この子と人生を共有できないなら、彼女と結婚はできない。彼女が息子との面会を認めない限り」

「当然よ」クラウディアが赤ん坊を見た。「私はエリアナのことがとても好きだし、彼女がひどく傷ついたのは気の毒に思うけれど、私が彼女の側につくと考えていたとしたら大間違いだわ。この子のためなら何でもする。たとえ私の子でなくても」

ありがとう、クラウディア。

「自分と我が子のどちらかを選ばせるなんて、どうかしているわ。比べられるものではないのに」クラウディアの声が震えた。「エリアナと二人で話をして、説得してみるわ。彼女がショックを克服して、まともに考えられるようになるまで、結婚式を少し延期してもらえばいいわよ」

リックは首を振った。「無駄だと思うよ。彼女が取り返したいのは爵位なんだ。しかし、それはもうありえない」エリアナを説得できる者がいるとすれば、それは妹だけだろう。しかし、エリアナもその父親も頑として妥協しないに違いない。そんな予感がした。

「でもよかった！」クラウディアがリックの頬にキスをした。「失礼して、マルコに電話で明日の朝帰ると伝えるわ」

「その間にサミと僕は息子を寝かせる準備をするよ。明日みんなで朝食をとったあと、おまえを空港へ送ろう」

サミがクラウディアにおやすみなさいと言い、リックとともに居間を出た。階段を上がって寝室にたどり着き、息子を風呂に入れようとしたとき、サミがリックを見た。「赤ちゃんを抱いたとき、彼女、感きわまっているように見えたわ。二人は子供ができないの？」

「いや、雪崩で父が亡くなったことを知って、クラウディアは流産したんだ。妊娠二カ月だった」

「何てこと……彼女、苦しんだんでしょうね」

「生まれていたら、この子と二カ月違いだった」

サミは悲しげにうめいた。「かわいそうに。少し前まで存在すら知らなかった赤ちゃんを抱いているあなたを見て、ほろ苦い思いだったでしょうね。また子供を作るべきだわ」

「そうだな。医者からも妹にはそれが一番の薬だと言われているが、また亡くすかもしれないという恐怖といまだに闘っていると、マルコから聞いた」

「私の姉も二番目の子を産む前に流産したの。そのあと妊娠したときは同じように怖がっていたわ。おびえて当然よ」

リックは息子のおなかに湯をしたたらせた。小さな足が力強く蹴り、湯が飛び散った。この子はまさに奇跡だ。この子とその母親と永久に離れ離れになるなんて耐えられない。

「クラウディアが怖がっているのはわかっていた。ただ、今夜はそれも消し飛んだみたいだ。この子の誕生がつくづくありがたいよ。今は悲しみの入りこむ余地はない」リックは息子の頬にキスをした。「どうやらおなかがすいているらしいな」

「いつものミルクの時間を一時間も過ぎているもの。今作ってくるわ」

「この子が寝たら、別荘の外で二人で話がしたい。息子のことはクラウディアに頼もう。港までドライブしても、妹とマーラがいれば大丈夫だろう。あそこは夜のほうがきれいなんだ」

町の港へ続く海岸沿いの道路を走るリックの車の中で、サミはずっとどきどきしていた。リックと二人きりになれる機会を心待ちにしていたのだ。深緑のクルーネックのセーターとジーンズという格好の今夜の彼は、目を見張るほどすてきだ。ステーションワゴンの中は、彼がシャワーで使った石鹸の香りがする。それに彼自身の男っぽい香りが混じり合い、サミは完全に夢見心地だった。だが、彼のほうは二人の近さをまったく意識していないように見える。いや、そんなことはない。彼も意識しているけれど、それを表に出さないだけだ。

サミは窓の外の風景に集中しようとした。世界中から集まった観光客——恋人たち、老夫婦、若者たちが美しくクリスマスの飾りつけをした色とりどりの店を出入りしている。休暇の興奮は人から人へ伝わる。クリスマスに向けてライトアップされたパフォス城のたたずまいが濃紺の空に映え、いっそうにロマンチックだった。

リックはほかの車から離れ、景色が見渡せるように高台で車をとめた。「ここはかつてビザンチン帝国の砦だったんだが、その後キプロス王国によって再建され、ヴェネチア帝国が改築して、最後にオスマン帝国が修復した。今見えているのは一二二二年に作られた二つの塔のうちの一つだ。残念ながら、もう一方は地震で崩れてしまった」

「キプロスにいると、屋外の考古学博物館で暮らしているみたいな気分になるわ。驚きっぱなしよ。ここへ連れてきてくれてありがとう」サミは膝の上で両手を握り合わせた。

「この数日の間にあなたがしてくれたことに心から感謝しているわ。クルーザーでの遠出は楽しかった。わくわくするひとときを演出してくれて、本当にありがとう」

「僕だって楽しかった。君には想像もできないくらいに。その間に、将来についていろいろ考えることができた。僕たちの人生はこれからもずっとつながりつづける。いわば基礎工事をしたようなものさ」

ふいに鼓動が速くなるのを感じ、サミはさっと髪を振り払って彼のほうを向いた。「結婚するかどうかも決まっていないのに、将来の計画なんて立てられないでしょう?」

「それとこれとは関係ない。エリアナと僕がどうなろうとも、息子は今や僕の人生の一部だ。なるべく無理のないように君と僕で息子を育てていきたい。それについて話したかったんだ」

「そんなに簡単にいかないわ、リック。私たち、別の大陸に住んでいるんだから」

「じゃあ、それを変えればいい」

サミの心臓がおかしくなったように打ちだした。「どうやって?」

リックはハンドルの上部に伸ばしたたくましい腕越しにサミを見た。「君がキプロスへ来ればいい」

サミは目をぱちくりさせた。「冗談でしょう?」

「いいから聞いてくれ。君とリックは別荘に住むんだ。リマソールの大学にもコンピューター工学部がある。我が家から大学までヘリコプターでわずか十分だ。マーラとダイモンが手伝えば、リノにいるときと同様、修士号の取得と子育てを両立できる」

「ギリシア語ができないわ！」

「君くらい頭がよければすぐに覚えるさ。僕も助けるし」

「リック、冗談はよして」

「冗談なんかじゃない。僕が結婚したら、毎週金曜日に仕事を終えてからここに来て、月曜日の朝にジェノヴァに戻る。その間に君はどこかで息抜きするなり、勉強するなり、旅行に行くなりすればいい。このやり方ならうまくいく。息子は両親に定期的に会えるんだ。君のお姉さんの家族も頻繁に呼ぼう。クラウディアやヴィトーの妻のドナータもここなら来やすい。ドナータは赤ちゃんを欲しがっている。ヴィトーも僕たちの息子が自分に似ていると知ったら、子供が欲しくなるかもしれない」

「エリアナがそれで納得するわけが……」驚きのあまり、声が聞き取れないほど小さくなった。

「エリアナは僕と一緒にここへ来てもいいし、ジェノヴァに残ってもいい。選ぶのは彼女だ」

「彼女はきっと耐えられないわ」

「耐えるほかないんだよ。婚前契約に必ず含めるつもりだからね」

「どうかしてるわ」

リックの目の奥を何かがよぎった。「ほかにいいアイデアがあるのかい？」

サミは頭が混乱していた。「そんなふうに簡単にここへ引っ越すことなんかできない……」

「息子のためでも？　両親がそろった安定した家庭を与えるために、自分を犠牲にするつもりはないのかい？」

「ずるいわ」

リックの腕が座席のうしろにまわされた。彼の指は、サミの髪からわずか数センチしか離れていない。

「お金の心配もなくなるし、学資ローンを返済する必要もなくなる。これでおあいこだろう？」

「あなたは私の夫じゃないわ！」

「だが、あの子の父親だ」リックは冷静に言い返した。「息子は僕のすべてなんだ」

サミは身震いした。「あの子は私の存在意義（レゾンデートル）よ！」

「まさに。だから、みんなが満足する形で解決するには、僕たちはお互いが必要なんだよ。僕は君と息子にすべてを与えたい。君は妊娠中ずっと一人でがんばり、これまで誰の力も借りずに息子を育ててきた。自分が父親だとわかった以上、何でもするつもりだ。それが父親としての義務であり、権利でもある」

「あなたの親切には心から感謝しているけれど、その提案はやっぱり不可能だわ」

「不可能じゃない、現実的だよ。どうせ息子に会うなら、毎週リノへ行くより、ここへ来るほうが理にかなっている。だが、どうしてもリノへ行かなければならないならそうするよ」

「そんなの無理よ」サミはあわてて言った。「あなたの生活がめちゃくちゃになってしまう。会社だって立ち行かなくなるだろうし、エリアナだって許すはずがないわ」

「君がここに来られないなら、僕がリノへ行く。会社についてはヴィトーに権限をもっと委譲するよ。妹から聞く限り、弟にならまかせられそうだ」

「でも、リック――」

「〝でも〟はなしだ。僕たちは奇跡的に命拾いしたわけだから、息子にはできるだけ人生を楽しませてやりたい。君たちがここに越してこられないなら、君たちの近くで過ごすためにレイク・タホに家を買うよ。標高の高い場所は最高だ」

「行ったことがあるの？ いつ？」

「大学に入る直前に、友人たちとアメリカ旅行をしたんだ。あんなにきれいな湖は今まで見たことがない。息子と僕のためにボートを買うよ。ただ、さっきから言っているように、この地中海にはすでに家がある。息子は三カ国語を操れるようになるだろう。そうなったら将来有利だと思うよ」

またしても説得されかけている。リックの理屈にはどうしても勝てない。彼には何でも思いどおりにできる経済力がある。ただ、一番大事なことから目をそらそうとしている。

「エリアナがどんな選択をするかわからないというのに、今あれこれ話し合っても無駄だわ」

「君の言うとおりだ。ただ、何がどうなったとしても僕の意思は変わらない。それだけ伝えたかったんだ。どのアイデアが君にとって最善か、クリスマスイブまでに決めてもらえばいい」

リックが車を出し、それだけ言うと、二人は別荘へ向かった。途中、彼が動かした腕がサミの肩をかすめた。わずかに触れただけなのに歓喜の波が起き、サミは体の反応を隠すためには手近な話題に飛びついた。「クラウディアがエリアナを説得してくれるかもしれないわ」

車内の暗さのせいか、リックの表情が恐ろしいほど厳しく見え、サミの体に別の種類の震えが走った。「期限までにすべてを受け入れられないなら、彼女は僕の考えたような人ではなかったということだ」

その突き放したような言い方には取りつくしまがなかった。

「特定の条件を満たさないと人を愛せないのかもしれない。そういう者がときどきいる。ただ、金と権力をほしいままにする箱入り娘として育ったからといって、君の状況を受け入れられないようなら、それはまた別の話だ」

そのことを考えると、やはりマットはすばらしい人なのかもしれない。私の妊娠は彼にとってショックだったはずなのに、それでも私と結婚し、赤ん坊を大事にすると言ってくれたのだから。でもそれは、リックが生きていて、息子の誕生を喜ぶと知る以前のことだ。もし今私がマットと結婚して、彼とオークランドに住むことを決めたとしたら、リックは赤ん坊のそばで過ごすためにそこに家を買うだろう。袋小路だ。ジェノヴァに来たことで、私は運命を変えてしまったのだ。

「数日中に僕も答えを出すよ、サミ」

サミはうなずいた。「あなたがなぜ爵位を返上したか、だんだんわかってきたわ。そうしてくれてよかったとしみじみ思う。息子にはふつうに成長してほしいから。よけいな優越感を持つことなく」

リックは大きく息をついた。「そのとおりだ」

もしエリアナがリックへの愛と引き換えにプライドを捨てて息子を受け入れることができないなら、彼女は彼にふさわしくない。サミはそう自分に言い聞かせ、そして認めた。私はリックを愛している。彼の声を聞くたび、あるいはその姿を見るたび、息ができなくなるほどに。

「リック？　一つ正直に答えて」

「できるだけそう努めるよ」彼はゆっくりと言った。

「エリアナの前にも愛した女性はいた？　結婚を考えた相手が？」

リックが大声で笑いだし、サミは傷ついた。「かつて大失恋して、それ以来ずっと女性に真剣になることはなかったとでもいうのかい？」

サミは頬がかっと赤くなるのを感じた。下手なことを言うんじゃなかったわ。

「女性と付き合うたび、本気で相手を愛したつもりだ。だが、結婚したいと思うほどじゃなかった。両親もがっかりしていたよ」リックが身じろぎした。「君は？　なぜ今まで結婚しなかったんだい？」

サミはぶっきらぼうに答えた。「ふさわしい人に出会わなかったからよ」

「ふさわしい人……そんな相手がいるのかな」

「エリアナと結婚するようにお父さまに命じられたの？」

「そう願っていたのかもしれないが、命じられたわけじゃない」リックはきっぱりと言った。「彼女との結婚は自分の意志で決めた。誰に命じられたわけでもない」

思いがけない答えだった。それは雪崩と同じ威力でサミを襲った。今の言葉で、すべての意味が変わった。エリアナと生涯をともにしようと決断したリックは、爵位にこだわり、赤ん坊を受け入れなかった彼女にさぞかし失望しただろう。深く傷つき、苦しんでいるはずだが、表には出さない。そんな彼を、サミは守りたいと思った。

「ご両親の結婚生活は幸せなものだったの？」

「政略結婚にしては驚くほどうまくいっていたと思う。父は浮気し、母は見て見ぬふりをしていた」

だから彼はこんなに皮肉っぽいのね。

「弟妹の結婚生活が今うまくいっているのかいないのか、僕にはわからないが、どちらの夫婦も愛し合って結ばれた。ただ結婚して間がないし、困難にぶつかるのはこれからだろうな。ほかに知りたいことは？」別荘に到着すると、リックは車寄せに車をとめ、エンジンを切った。

「変な質問をして怒らせたのならあやまるわ」

「怒ってはいない」リックがこちらを向いた。フロントガラス越しに差しこむ月明かりに、黒い瞳が輝いている。「僕にとって君は新鮮な存在だ。雪崩にあって雪に閉じこめられたときと少しも変わっていない。あのときも君は新鮮だった。生まれて初めて、僕のことを何も知らない女性と出会ったんだから。僕たちは知り合う過程でお互いを受け入れていったんだ、サミ。君の口から出る言葉はとても率直だった。それが基盤にあったからこそ、僕たちはああいうことになったんだと思う。君とひとときを分かち合ったことは、今では不思議でも何でもない」

その気持ちはサミも同じだった。でも、あともう一分でも車内にいたら、愛していると告白してしまいそうで怖かった。「そろそろ中に入ってあの子の様子を確かめたほうがいいわ。もしかすると目を覚まして、私たちを探しているかも」

「まだ行かないでくれ」リックが言った。「何か問題があったらマーラから電話が来る。この満月の下で、君と海岸を散歩したいと思っていたんだ。ダラーフィッシュが月光に誘われて海面に出てくる。きれいだよ。君用に上着も持ってきた」

ああ、神様。だが、サミもまだ戻りたくなかった。少なくとも歩いていれば気がまぎれる。暗い中で座っていると、ルールを忘れてキスをせがみたい衝動に駆られてしまう。

「少しなら」

「君が帰りたいと言ったらすぐ引き返すよ」

エリアナのことさえなければ、いつまでも彼と歩きたいのに。

リックは後部座席から黒い革のボマージャケットを取り、サミに渡した。サミは礼を言って車を降り、彼がこちら側にまわってくる前に急いではおった。大きすぎるし、袖も長すぎるけれど、彼の香りに包まれている感じがしてうれしかった。

マリーナを通り過ぎて歩いていく。リックはすぐ隣にいるけれど、体が触れ合いはしない。散歩している人はほかに誰もいない。月明かりが淡い金色の道を海面に描き、沖に浮かぶクルーザーの明かりが闇にまたたいている。あまりにも完璧なひとときで、ますますリックに心が傾いた。

どんどん歩きなさい。

「ほら、見てごらん、サミ」

物思いに沈んでいたせいで、リックが立ちどまったのに気づかなかった。振り向くと、彼は水際でしゃがみこんでいた。サミは近づいた。

「わあ、本当に一ドル銀貨みたいね！」

「この魚は夜になると月光浴をしに海面に上がってくるんだ」

「すてきね。何の悩みもないように見えるわ。私もあんなふうになりたい。この魚たちの赤ちゃんはどうしているのかしら？」

リックが笑った。「考えたこともなかったな。夏になったら夜にここで泳いで、見つけよう」

まるで私がキプロスに来ることは決定事項みたい。「刺さない？」

「刺さないよ。僕たちの息子みたいに害がない。だが、自分の身は自分で守れるんだ。危険を察知すると、ふっと姿を消す。地上から忽然と姿を消したように思えた君みたいに。別れ別れになった僕たちがこうして再会できたなんて、実に驚くべきことだ」そこでリックがサミを見あげた。「ただ、あのときと違って今は君の髪も見える。月光もかなわないくらい輝いているよ。雪崩にあったとき、僕たちの閉ざされた天国をどうして照らしてくれなかったのかな。こうして運命と折り合いがついてみると、君と過ごしたあの時間はまさに天国だったよ、サミ。奇跡だ」

サミは目頭が熱くなった。「あのときのこと、決して忘れないわ。あの子を見るたびに思い出すの」

「だからあの子は完璧なんだ。あのひとときは完璧すぎた。君にはどきどきさせられたよ、サミ」

サミは内心耐えがたくなっていた。「そんなことを言わないで。ただでさえつらくてしかたがないのに、もっとつらくなるわ。戻りましょう。お願いだから、そのことはもう二度と口にしないで」

リックが立ちあがった。男としての彼には、サミがどうしても逆らえない魅力があった。「君がいやがることは絶対にしないと約束したが、その約束は守れない。君は僕の一部になった。僕たちはお互いの一部になって、そうして子供が生まれたんだ。これから僕たちはずっとその現実と闘っていかなければならない。見て見ぬふりをしてもむだなんだ」

サミは唇を噛んだ。「話せばどうにかなるとでも?」

リックは顔をしかめた。「いや」

彼が言葉を続けるのも待たずに、サミは駆けだし、そのまま別荘に飛びこんだ。中には誰もいなかった。階段を駆けあがって寝室に入り、ベビーベッドに近づく。赤ん坊はすやすや眠っていた。その姿を見おろし、愛すべき体の部分を一つ一つ確かめていく。そのさなか、背後から伸びてきたリックの手が肩に置かれたのを感じた。彼が部屋に入ってきたのに気づかなかった。彼の手の感触にめまいがした。

「決心したよ」リックの唇が額をかすめた。「朝になったら、クラウディアと一緒にジェノヴァに戻ろう。エリアナと二人で話をしなければ。さすがに彼女ももう心を決めているだろう。まだ電話が来ないのは、結婚をあきらめた証拠だと思える。僕は二十四日まで待つ気はない。駆け引きはたくさんだ。六時までに空港へ出発する用意をしてくれ」

8

サミの肩をやさしくもんだあと、リックは部屋から出ていった。サミはしばらくそこにたたずみ、やがて荷造りを始めた。最後にパジャマに着替えてベッドにもぐりこんだが、彼の手の感触がまだ肩に残っていた。これまで彼からどれだけ幸せをもらったか、改めて気づかされた。その記憶にこれから一生つきまとわれたらどうかしてしまう。

いつしか眠りに落ちたものの、赤ん坊の泣き声に起こされたときにはまだ三時十分前だった。ランプをつけてベッドを出た。キプロスに来て以来、夜中に息子の泣き声で起きたのは初めてだ。リックがずっとその仕事を引き受けてくれていたから。

落ち着かせようとすると、かえって泣き声は激しくなった。具合が悪いのかと思い、自分のベッドに寝かせて着替えさせたが、とくに異常はないようだった。顔や額に触れてみても、熱はない。おむつを替えていると、茶色のローブをはおったぼさぼさ頭のリックが裸足(はだし)で部屋に入ってきた。

「どうした?」心配そうな声だ。「ピッコロがこんなに早い時間に起きたのは初めてだな」

「おなかにガスがたまって痛いんじゃないかしら」

父親の顔を見た赤ん坊はますます大声で泣いた。サミははたと気づき、赤ん坊をリックに引き渡した。リックが肩に抱きあげ、信じられないほどやさしい口調のイタリア語で話しかけると、たちまち息子は静かになった。ときどきしゃくりあげ、体を震わせるだけだ。

サミはほほえんだ。「パパが治せないものはないみたいね」

「サミ……」

「本当よ。この子、あなたといると安心なんだわ。子供はみんなあなたみたいなパパが欲しいのよ。でも、そんな幸運に恵まれる子供ばかりじゃない」サミはドレッサーに近づいてミルクを作った。「さあ、あなたがミルクを飲ませている間に、私はもうひと眠りするわ」

ランプを消してベッドへ向かった。リックはいつものとおり椅子に座ったものだとばかり思ったのに、ベッドの反対側に近づいてきて横たわり、赤ん坊を二人の間に寝かせた。

「こうして僕たちの間にいたほうが、この子もうれしいよ」

だめよ、リック。

「この子は飢えているんだ」

それはサミにもわかった。赤ん坊は音をたててむさぼるようにミルクを飲んでいる。リックが笑い声をあげるとベッドが揺れた。「あなたが食事をしているところを見たら、この子はやっぱりあなたに似ているとわかったわ」

「気づいていたのか」

サミの体はかっと熱くなった。彼のどんなささいな点にも気づかずにいられない。「海辺のレストランであなたが三皿目の魚の前菜(メゼ)を頼んだときにね」

「僕は魚に目がないんだ」

「確かにおいしかったわ」

「リックがここで育ったら、病みつきになるだろうな。リノに似たものはある？」

「まさか、知っているくせに！　ハンバーガーとピザばっかりよ」キプロスで暮らすという案はとても魅力的だ。でも、やはりありえない。エリアナに申しわけがたたない。

だけど、もしリックが彼女と結婚しなかったら？

それでも良識には反する。誰が見ても私は彼の愛人だ。でも、リノでは自立した生活を送れる。リックはふつうの離婚した父親と同じように面会に通うことになるだろう。彼とはベッドをともにしないと心に決めたのだ。だれかの愛人になるために今まで生きてきたわけではない。たとえ相手が世界一すてきな男性でも。

サミは独りよがりの夢を描くつもりはなかった。先日リックは言っていた。関係を持った相手はみんな愛してきたが、結婚したいとは思わなかったと。エリアナにプロポーズしたのは、彼がいまだに胸の内にしまったままにしている理由からなのだ。

エリアナはリックと結婚するためなら妥協するに違いない。ほんの少し背中を押してもらえればきっと。そして、リックが来るのを待っているはずだ。事は私の計画どおりに運んでいる。リックはこの休暇を途中で切りあげ、エリアナに会うことを選んだ。気づきもしないうちに朝の六時になるだろう。

そのとき大きなげっぷが部屋に響き、サミはにっこりした。「やっと聞こえたわ。ベビーベッドに戻して、出かける前に少し寝たらどう?」

「聞いたか、我が息子(フイリオ・ミオ)? マンマは僕たちを追い出そうとしているぞ」

「そのとおりよ」サミは嘘(うそ)をついた。

ベッドの反対側が沈むのを感じた。「じゃあ、ゆっくりおやすみ。不安に思っているかもしれないが、そんな必要はない」

ああ、そんなふうに言われたら、私はもう永遠にあなたのものよ。

翌朝九時にはリックの専用機はジェノヴァに到着した。飛行中、サミはクラウディアと親しくなった。クラウディアはとても魅力的な女性だった。自分の出産や彼女の流産について話をし、状況が違えば彼女とは親友になれたような気がした。

空港ではリムジンが待機していた。乗りこむ前に周囲を見回すと、ボンネットに目がとまった。あのマスコットがなくなっている!

モーセの名をあらゆる柱や記録から消させたファラオのように、リックはかつての称号を人生からすべて抹消したのだ。ボディガードたちはもう彼を閣下とは呼ばない。それで満足しているのだとしても、リックは何も言わなかった。今はエリアナとの話し合いのことで頭がいっぱいなのだろう。

「おまえを先に家に送るよ、クラウディア」

車はジェノヴァの壮麗な建物群の前を通り過ぎ、クラウディアの住まいに到着した。その大邸宅もデジェノーリ家の資産の一つだ。門の鉄格子についている金の船乗りの紋章を見てわかった。

クラウディアは兄を抱き、あとでまた会うことを約束した。それからサミとも抱き合った。「マルコにあなたと赤ちゃんを会わせるのが楽しみだわ」

サミはクラウディアの手を握った。「電話するわね」リックに聞こえないよう耳元でささやくと、クラウディアがサミの手をぎゅっと握り返した。メッセージは受け取ったというように。のみこみの早いサミには、それが決して無意味なしぐさではないとわかった。

クラウディアは赤ん坊の頬にキスすると、リムジンを降りて家の中に駆けこんだ。

リックは運転手に自分の屋敷へ向かわせた。たぶん景色のいいルートをと指示したのだろう、車はゆっくりと走った。このあたりは聖ポルフュリオスの市場だと、彼は言った。その古い市街地では、地元の職人たちの手になるクリスマスがらみの品々が店のウインドーに並べられ、広場ごとにキリスト生誕の場面を再現した巨大な模型が飾られている。

いつも何よりもまずサミが楽しく心地よく過ごせるように気を配ってくれるリックのやさしさが、ありがたかった。そのおかげで、アルベルト・デジェノーリを見つけられたとしても冷たく追い払われるのではないかと心配しながらイタリアを訪れたあのサミとはもう別人だった。そしてリックが無事だと知り、サミも生き返った。リックが彼女の命だった。

リムジンは角を曲がり、美しい城に向かって丘をのぼりはじめた。「きれい！」サミは声をあげた。「どんな歴史があるの？」

「ジェノヴァではパラッツォ・ヴェルミリオと呼ばれている。十七世紀の建物だ。ヴェルミリオは朱色という意味で、外壁の色からついた名前なんだ」

「独特な色にはすぐに気づいたわ。内装もすばらしいんでしょうね」

「見たいかい？」

「今日はやめておくわ。あなたがジェノヴァに来た理由を考えれば、観光なんかしている場合じゃないもの」

「ここだけは例外にしよう」彼のおどけた様子に、サミは驚いた。彼もふざけることがあるのだ。そういうことは前にもあったけれど、今日は笑えない。

「リック、私は大まじめよ」

「僕だって」

リムジンは門を抜け、建物のわきでとまった。するとリックのボディガードたちが現れてドアを開けた。一人は、赤ん坊を連れたサミが車を降りるのに手を貸してくれた。

「最初に君の部屋へ行こう」リックがささやき、それからイタリア語で指示を出した。

私の部屋？

サミはうめいた。ここが彼の自宅だと気づかなかったなんて大間抜けだわ。それにしても、こんな壮麗な屋敷で生まれ育った人が、なぜ爵位を返上しようなんて考えるの？　彼の住まいを見て、サミは改めてエリアナが腹を立てた意味がわかった。

ベビーバスケットで眠る赤ん坊を見おろす。この子を見ているとおとぎ話の王子を思い出すとリックに告げたとき、知らずに本当のことを言っていたのだ。

「物思いにふけっているようだが、中に入ろう」リックの低い声がサミの体に染みこみ、神経を震わせた。

ボディガードたちがサミの荷物を持ち、リックが彼女の肘に手を添えた。わくわくしながら横の入口から中に入る。彼はマリオという名の年配の使用人にサミを紹介した。マリオはリックに早口のイタリア語で話しかけ、〝閣下〟と呼んだ。あらまあ。

リックは質問する暇も与えずにサミを彫刻のほどこされた階段に案内した。白い大理石の段を上がり、油絵やタペストリーが飾られた二階にたどり着く。廊下を半分ほど進んだところでマリオが両開きのドアを開けると、そこは豪勢なスイートルームだった。

「ここが君の部屋だよ、サミ」リックが言った。「そして隣が子供部屋だ」

あまりの豪華さに立ちすくみ、リックが別の開いたドアのほうへ向かうのを見てあわてて
あとを追った。女性スタッフが待っていた。リックは彼女をソフィアだと紹介した。

贅沢（ぜいたく）な子供部屋を見て、サミは思わず声をもらした。一族に代々伝わる品とおぼしき美しいベビーベッドに目が吸い寄せられた。「夢みたい！」

まれにしか見られない笑みが思いがけずリックの顔に浮かび、サミの心臓は跳ねた。

「僕たち同様に現実だよ。第五代デジェノーリ伯爵の長男のために作られた部屋だ。さて、息子が新しい部屋を気に入るかどうか」

サミが口を開く前にドアの向こう側が騒がしくなり、振り向くと、一人の男性がソフィアにイタリア語で何か尋ねていた。内容は理解できないが、尋問口調なのはわかる。

「ヴィトー」リックが呼んだ。「英語でしゃべってくれ、頼む（ペル・ファヴォーレ）。こっちに来いよ」

リックと同じように端整な顔立ちの黒髪の男性が部屋に入ってきた。背丈も同じくらいで、間違いなくデジェノーリ家の血筋がうかがえる顔だ。彼の首の横にある傷跡に気づき、サミははっとした。傷は顎のすぐ上にまで達している。兵役中に負った火傷（やけど）の跡に違いない。

「ヴィトー、こちらはネヴァダ州リノ出身のクリスティン・アーガイルだ。みんなサミと

呼ぶ。サミ、お察しのとおり、弟のヴィトーだ。妻のドナータと一緒にこの屋敷の別棟に住んでいる」

リックの弟はサミに会釈し、頭から爪先までじろじろ見た。

「サミは僕の息子リックの母親だ。その息子は空港に着いてから一度も起きないんだが」

明らかにヴィトーはショックを受けていた。赤ん坊を見つめ、その視線をリックに移す。

「つまり、ゆうべ電話でクラウディアが言っていたことは本当なのか？」

「ああ、全部」リックは息子の頰にまたキスし、ベビーバスケットから抱きあげて肩にもたれさせた。「こっちに来てよく見てみろよ。なるほどと思うから」

ヴィトーは近づいて赤ん坊をしげしげと見た。暗褐色の瞳に笑みが浮かんだ。「生え際を見れば、兄さんの子だとすぐわかるな。ドナータが見たら心臓発作を起こすかもしれない。今朝は気分がすぐれないらしいが、あとで起きてくるだろう」

「よかったら抱いてみますか？」サミは尋ねた。

「許可してもらえるのかい？」ヴィトーがいたずらっぽく言った。そういうところも兄に似ている。

「もちろん。この子にとってイタリア人のおじさんは、あなたとクラウディアのご主人だけですもの。アメリカ人のほうは、私のたった一人の姉パットの夫よ」

ヴィトーはサミをじっと見つめて言葉の意味を理解した。それから赤ん坊を抱き取り、リックをまねて肩にもたれさせた。「名前は？」

「リック・アーガイル・デジェノーリだ」

ヴィトーはかぶりを振った。「誰が予想した？　ティバルディ司教さまなら、あの雪崩で神は一人をお召しになり、代わりに一人をお送りになったと言いそうだな」

「確かに」リックは苦笑いして、サミに目を向けた。「僕たちは地球上で一番びっくりしている両親だと思うよ」

弟の顔から笑みが消えた。「もっとびっくりしている人間がもう一人いるよ」

「わかっている。エリアナのことだろう？」

「ほかに誰がいる？　兄さんの婚約者だぞ」

「昼には彼女のところに行って話をつける」

ヴィトーは赤ん坊をサミに返し、リックのほうを見た。「もう一つ答えてくれ。爵位を放棄したっていうのは本当なのか？」

「ああ。これでみんな同じ土俵に立ったわけだ。長男か次男かなんて関係ない。何世紀もたって、やっとデジェノーリ家はくびきから自由になったんだ」リックの声には断固とした響きがあった。

ヴィトーもそれに気づいたに違いない。呆然（ぼうぜん）としている。「いつ手続きを始めたんだい？」

「父さんの葬儀の直後だ。ただ、公にするまで厳重な緘口令を布かなければならなかった」

ヴィトーのこめかみがぴくぴくと痙攣した。「エリアナは知っているのか？」

「ああ」

ヴィトーが口笛を吹いた。「マンマはいつも、兄さんは火遊びが過ぎると言っていたな」

サミはついヴィトーの首の横の傷に目をやった。リックにも傷があるが、そちらは隠れている。

子供部屋の中はしんとしていたが、兄弟は無言のうちに気持ちが通じ合っていた。それは二人にしかわからないやりとりだった。サミとパットの間でもよくそういうことがある。何も言わなくても相手の気持ちがわかるのだ。

やはりリックには私の知らない部分がたくさんある。自分には関係ないと思いつつも、サミは疎外感を覚えた。彼の秘密を全部知りたかった。

ヴィトーが沈黙を破った。「ではまたあとで、シニョリーナ・アーガイル」そう言って赤ん坊の頬に手の甲で触れると、部屋を出ていった。

サミはベッドに赤ん坊を下ろした。赤ん坊はまた目を閉じた。「ここにいると、とってもかわいく見えるわ。弟さんも子供が欲しくなったでしょうね」

「いろいろな意味で、デジェノーリ家はもうこれまでどおりにはいかない」

差し迫った難題を思い、サミはため息をついた。「そろそろ出かける？」

「君がここになじんでからでいい」

「もう大丈夫よ」

「君みたいに、何をしても喜んでくれる女性は初めてだよ。何か必要なものがあったら、内線で○を押せばいい。スタッフが助けてくれる」

「ありがとう。私のことなら心配しないで、婚約者に会いに行って。彼女を驚かせたあれこれについて話さないといけないんだから」声が震えた。

「まず君と話をしておきたい」

サミは眉をひそめた。「何の話？」

「ヴィトーが出ていく直前の君の顔を見たんだよ。ずっと言わずにおいた僕の過去について、そろそろ打ち明けるべきだと思っていたが、今日の出来事で覚悟を決めたよ」サミは急にいやな予感がした。「この子を起こさないように、君の部屋へ行こう。話は少し長くなる」

リックの言葉に胸をざわめかせながら、サミは先に部屋を出た。すぐに彼が続いたが、赤ん坊が泣いたときに聞こえるようにドアを少し開けたままにした。彼がどんな話をするにせよ、不安がつのり、手近な椅子にとりあえず腰を下ろした。

リックは立ったままサミと目線を合わせた。「エリアナの父親はミラノの出身で、イタリアでも指折りの裕福な実業家なんだ。ジェノヴァ貴族の娘と結婚し、エリアナが生まれた。彼女のことは、両親が僕の妻の有力候補と考えていた何人もの娘たちの一人として知っていた。だが二十一歳になったとき、僕は結婚向きではないから、かなわぬ夢を温めるようなことはやめてほしいと両親に話した。二人は心底がっかりしていたが、僕はそれほど深刻には受けとめなかった。母は死ぬ前、ばかなことを言わずにエリアナ・フォルトゥレッツァと結婚するよう僕を説得した。彼女なら美人だし、いい奥さんになるからと。母が彼女に決めていたと知って、僕はびっくりした。それでも、病状が悪化していた母を安心させるために、考えてみると言った。だが、実行するつもりはなく、母の葬儀のあと、その一件は忘れてしまった。それから半年もたたないある日、僕と父は、オーストリア貴族と結婚する従妹の結婚式に出席するため、イムストへ向かった。いつまでも独身でいる僕に父が説教を始めることはわかっていたから、本当は行きたくなかったんだが、ひどい流感から回復したばかりの父に付き添わないわけにはいかなかった。僕たちは、君と出会うことになるあのホテルに滞在した。式はマリア・ヒンメルファルト教会で行われた」

「列車で向かう途中に見たわ。目立つ建物だから」

リックはうなずいた。「帰りの飛行機に乗るためにインスブルックに戻る前、父は町で数日過ごして体力を回復することにした。雪崩が起きる前日のことだ、父が突然泣きだして、経済的に追いつめられていると打ち明けた。僕は驚かなかった。何年も前に僕とヴィトーは、パフォスにいる叔父から父のギャンブル依存症について聞かされていたんだ」

サミはうめいた。「ショックだったでしょうね」

「君には想像もつかないくらいに。父が動かせるお金の額を考えると、僕たちはずっとしたのかもしれない。何百年も前から築かれてきた一族の富は、汲めども尽きせぬ泉のようなものだったのかもしれない。だが、誰も父をとめずにいつまでも浪費が続けば、いつかは枯渇し、一族は破滅する。ヴィトーと僕は父と対決した。父は笑って、私に構うなと言った。おまえにつべこべ言われる筋合いはない、まだ爵位を継いだわけでもないのにと、僕に言った。そしてヴィトーのことは、長男でもないくせに、親に意見する権利はないと突っぱねた。あの暴言で弟は軍に志願したんだと思う。浮気癖を知ってすでに父に幻滅していた弟は、財産まで食いつぶすのを見ていたくなかったんだ。不幸なことにドナータは、夫に顧みてもらえないのだと思いこんだ。ヴィトーにしてみれば、尊敬する父がジェノヴァの笑い物になるかと思うと恥ずかしくて、妻にも話せなかったんだろう。弟が黙っていたせいで、二人の結婚生活は危機に陥ったが、ドナータは耐え忍んだ。ヴィトーは実は運のいいやつなんだよ」

「大変だったのね」

リックは天を仰いだ。「大変どころではなかった。財務状況について父に尋ねると、エリアナの父親がかなりの借金を肩代わりしてくれたと言うんだ。それを聞いて、僕は爆発事故に巻きこまれたような気がした。つまり父は、必要な金を持ってさえいれば赤の他人にまで頼るようになっていたんだ。ずっと現実から目をそむけて生きていた父だが、事態はすでにのっぴきならないところまで来ていた。説明してもらう必要はなかった。エリアナの父親の魂胆は明らかだったからだ。僕がエリアナと結婚すれば借金はちゃらになるというわけだ」

サミは思わず立ちあがった。「そんな、ひどすぎるわ！」

「これで僕が爵位とそれに付随するすべてを忌み嫌うようになったわけがわかっただろう？　母も父のギャンブル癖については知っていたらしい。死の間際、母が無理にでも僕をエリアナと結婚させようとしたこともそれで腑に落ちた。母はいつも父に無条件に従ってきた。だから僕に本当のことを話す気はなかったんだ」

「ああ、リック……」

「父の告白を聞いて虫唾が走った。腹が立ち、傷ついた。それでも父は借金の額を白状しようとはしなかった。それほど臆病だったんだ。僕をエリアナと結婚させようとするくらいだから、天文学的な金額だったんだろう。それを肩代わりしてくれるのなら、爵位とデジェノーリ家代々の財産を差し出してもいいくらいの。僕の目に浮かんだ軽蔑に、父は気づいたに違いない。その場にくずおれ、赤ん坊みたいに泣きだした。そんな父の姿を見たのは初めてだった。父は若いころから女と博打という二つの悪徳に呪われつづけた人間の屑なのだと、そのとき思い知ったよ。エリアナと結婚して助けてくれと懇願されたとき、僕は部屋を出ていくしかなかった」

サミは言葉も出ず、口を手でおおった。

「ドアを開けたとき、父は約束してくれと叫んだ。四つん這いになったその姿は弱々しく、百歳の老人のようだった。とうとう僕は言った。いつかは結婚するだろうが、家のためではなく、自分のためにすると。生前の父を見たのはそれが最後だ」

リックの話はあまりに恐ろしかった。彼のことは大好きだが、今聞いた話をどう受けとめればいいかわからなかった。「エリアナは全部知っているの？」

「いや。彼女の父親は自分の思いどおりにするためなら犯罪にだって手を染める。娘の人生さえも、ある意味では犯罪的なやり方で支配し、娘には目隠しをしているんだ。彼には結末がわかっているから。本当に欲深い男で、金だけでは飽き足りない。世に認められるために称号を欲しがっていた。前から僕に狙いを定め、父がいよいよ身動きできなくなるまで、餌を与えて泥沼に引きずりこんだんだ」

サミは震えがとまらなかった。「あなたが爵位を放棄したと知ったら、彼はどうするかしら？」

「名案がある。僕が何とかするから心配するな」

リックの身に危険が迫っているのをサミは感じ取った。

「でも、エリアナはどうするの？」

リックは大きく息を吸いこんだ。「残念ながら彼女も、金を神とあがめる父親と同じ制度の犠牲者だ。彼女は父親に支配されている。六月以来、僕は彼女にできるだけやさしくしてきた。正気を保ち、将来の結婚生活を成り立たせるために。だが、父の突然の死で、父との約束を予定より早く果たさなければならなくなった。そのうち、君との再会も期待できなくなってしまった」

再びサミの体を震えが走った。もしリックに何かあったら……。

「僕たちのあのときの気持ちのつながりが問題をいっそう複雑にし、波紋を広げた。僕は婚約者であるエリアナをよく知ることより、まず君を探すことに躍起になった。父が死んだとはいえ、いつかは約束を果たさなければならないとわかっていたから。だが、父とあんな約束をしていなければ、僕は今でも君を探していたはずだ」

リック……。

彼の身元をまだ知らなかったとき、ジェノヴァのホテルの部屋で雪崩事故のことを説明しながら、リック・デジェノーリほど高潔な人はいないと話した。あのときはそう信じていたし、今も心からそう思う。

「僕たちが雪に生き埋めになったとき、父のことはもうあきらめていた。死を待ちながら、あの約束は結局果たせないのだと悟った。だから葬儀が終わったとたん、エリアナの父親の餌食となるクラウディアとヴィトーのために僕は祈った。あの男は二人を急襲し、すべてを奪う。小説のように筋書きが読めたし、国中の新聞の一面を飾るだろうと思った」

サミは身震いした。「でも、あなたは生き延びたわ」それ以来、リックはその両肩に悪夢を背負い、破産の瀬戸際にあったのだ。

昔から王国は、領土や持参金を約束する婚姻によって滅びたり栄えたりしてきた。デジェノーリ家の場合、リックの父親の破滅的な行動のせいで家族が王国の犠牲になった。あんまりだ。彼が言ったように、旧態然とした悪魔の制度だ。

〝あなたはお金持ちなの？〟と彼に尋ねた日のことが脳裏によみがえった。彼の答えは謎かけだったのだと今ではわかる。エリアナが結婚を取りやめたとたん、リックの家族は破産する。そうさせるわけにはいかない。私がイタリアに来なければ、何も起きなかったのだ。リックは今、崖っ縁に立っている。

エリアナに求婚したのにはわけがあるとリックは言っていた。そのわけがわかった以上、ここに居座っていてはいけない。追いつめられたエリアナの父親は、リックが何より大切にしているものに魔手を伸ばすだろう。私たちの赤ちゃんに……。

こうなったらすべきことは一つだけ。でもその前に、リックにここから出ていってもらわなければ。「そんな話を聞かされた以上、あなたには一刻も早く行動に移ってもらわなくては。お願いだから、出ていって。エリアナの父親と話をつけないと」

リックは優雅に肩をすくめた。「僕が爵位を失ったと知った今、何をしても無意味だ。まあ、なりゆきを見守るさ」

「リック……きっと何か手はあるわ」

「それは望みすぎだよ、サミ。父の罪について、今話して聞かせただろう? 僕はその父親の息子で、結婚する前に子供がいて、しかも爵位はもうないんだ」

流血沙汰になる恐れさえある。だからリックはいつもボディガードを連れているの?

サミの頬を涙が伝った。「あなたを助けるためなら何でもするわ。どうするつもりなの?」

リックの表情は暗かった。気分が悪いのではないかとさえ思えるほどだ。「すべきことをすべてするつもりだ」彼の傷ついたまなざしを見たとたん、サミは打ちのめされた。

「僕がいない間、君は何をしている?」

こんなに苦しんでいるのに、まだ私の心配をしている。

平気な顔をしなさい、サミ。彼に知られてはだめ。

「ゆうべは誰もまともに寝ていないわ。この子が長めのお昼寝をする間、私も寝不足を解消するつもり。そのあと姉に電話して、王になるのを拒んだ男性と本物のお城にいると報告するわ」

リックが鋭く息を吸いこみ、その音が壁に反響した。「僕はいつ戻れるかわからない。

たぶん遅くなると思う」

「気をつけて」サミは彼の背中に声をかけた。

9

リックが部屋を出たとたん、サミはテーブルから携帯電話を取りあげて姉の番号にかけた。夜中の二時に起こされてパットは喜ばないかもしれないけれど、緊急事態なのだ。三回目の呼び出し音が鳴ったあと、姉が応答した。

「サミ？」

「こんな時間にごめんなさい、パット。でも、頼みがあるの。時間がないのよ。こっちは午前十一時よ。今日の午後か夜のジェノヴァ発アメリカ行きの飛行機を予約してくれない？　もし取れたら電話をちょうだい。お願い」

電話を切ると今度は固定電話に近づき、内線〇にかけた。男性スタッフが応じた。「クラウディア・ロッシにつないでいただけますか？」

「少々お待ちください」

三十秒ほどしてリックの妹と電話がつながった。「サミ？」

「こんにちは、クラウディア。つかまってよかったわ。二人きりで話がしたかったの。今日、一緒にランチはいかが？　あなたの好きなレストランで待ち合わせしましょう」

「喜んで。横の出入口に迎えに行くわ。三十分後でどう？」クラウディアは何かあったのだとすぐに気づき、話にのってくれた。いくら感謝してもしきれない。

「問題ないわ。ありがとう」サミは受話器をフックに置いた。

すでに白いブラウスとスーツを身につけていたから、あとはフライトの間に必要な粉ミルクとおむつをマザーバッグにつめるだけだ。ほかの荷物は持っていけない。それではすぐにばれてしまう。友人とひとときを過ごす母親に見えないといけないのだ。

時間が来ると、サミはリックをベビーバスケットに寝かせた。部屋を出ようとしたとき電話が鳴った。

「パット？」

「予約したわよ。夕方五時発トランスイタリア航空ニューヨーク行き。そこからコンチネンタル航空に接続してリノに帰れるわ」

「ありがとう。もう行かなくちゃ」

サミはスイートルームを出て、赤ん坊と一緒に壮麗な廊下を進んだ。数人のスタッフが会釈した。クラウディアのリムジンは約束どおり横の出入口の前で待っていた。赤ん坊はまだ眠っている。

サミは車に乗りこみながらささやいた。「運転手に声は聞こえるの？」

「スイッチを入れない限り聞こえないわ」

「よかった。あなたに協力してほしいの。リックのボディガードに見つからないように、空港へ行く手立てを考えないといけないのよ」

「帰国するの?」

「帰らなければならないの。あなたのお父さんがギャンブルで作った借金のことは知ってる?」

「少しだけ」

「じゃあ、わかるように全部説明するわね」車の中でサミはすべてを打ち明けた。リックがずっと背負ってきた重荷と、彼が冒そうとしている危険について、家族もそろそろ知っておくべきだ。「エリアナの父親がそこまで非情な人間なら、リックを従わせる手段としてこの子が利用されるかもしれない。黙って指をくわえているわけにはいかないわ」

「当然よ」クラウディアがきっぱりと言った。「あなたの行動は正しいわ。協力しますとも。あなたがいなくなったことに気づいたリックに二度と口をきいてもらえないとしても」

サミはクラウディアの手を握った。「この子を連れていったら、リックは私を許さないかもしれない。雪崩にあってからというもの、別れたら二度と会えなくなる恐怖に彼はとらわれているの。でも、これ以上イタリアにいるのは危険すぎるわ」

「実はあなたが電話してくる前にヴィトーからも連絡があったの。兄が爵位を放棄したと知り、あれこれ考え合わせて、あなたは屋敷を出るべきだと言っていた。エリアナの一件が片づくまで、あなたはここにいないほうがいいという点で、私たちの考えは一致しているわ」

サミはほっとため息をついた。「どうしたらいいか、何かアイデアはある？　五時の飛行機なの」

「私も自分のボディガードを出し抜いたことがあるの。まかせて」冗談めかした言い方が、一瞬リックを彷彿とさせた。

クラウディアはスイッチを入れ、運転手にイタリア語で何か言った。そしてまたスイッチを切った。

「私の自宅に戻るよう指示したわ。私たちはそこでランチをとり、あなたは五時に兄の屋敷に戻ると話したから、運転手がその情報をボディガードに伝えるでしょう。自宅に着いたら私たちはランチを食べる。そのあとあなたを私の秘書の車の後部座席に隠すわ。シニョーラ・ベルテッリは平日は毎朝八時に来て、午後三時に帰るの。彼女の車は裏手にある私の書斎の近くにとめてあるわ。守衛にはわからないはず。秘書に頼んで空港まで連れていってもらえばいいわ」

サミはひどく胸が痛んだが、クラウディアにほほえみかけた。「あなた、天才ね」

リックはフォルトゥレッツァ家を永遠にあとにした。自分の務めを果たし、苦悩も消えた。財産もデジェノーリ家の土地も、すべての資産は今やエリアナの父親の手に渡った。父の不始末のせいで、自分も弟も仕事を失い、妹も含めて雨露をしのぐ家さえなくした。少なくともジェノヴァには。

しかし、母の財産だけは何とか守り抜いた。キプロスで本物の家族として一から始められそうだ。

リックは自由だった。あらゆる意味で。

心臓が鉄床(かなとこ)を打つ金属のように鳴っている。今頭にあるのはサミと息子のことだけだった。リムジンに乗りこみ、屋敷に戻ってほしいと運転手に告げる。車が横の出入口に到着すると、中に駆けこみ、二階まで一段おきに階段を上がった。

「サミ？」

サミのスイートルームのドアをノックした。応答がないので開けて中に入り、また名前を呼んだ。やはり返事がない。荷物はまだある。子供部屋へ急ぐ。息子もいなかった。たぶんベビーカーに乗せて散歩でもしているのだろう。

リックはマリオに電話をした。「お客たちを見たかい？」

「いいえ。お客さまたちは妹さんと一緒にあちらのお宅で昼食をとるとおっしゃって、十一時半ごろお出かけになりました。私の知る限り、まだそちらです」

「ありがとう」

リックは電話を切り、今度はクラウディアにかけた。留守番電話になっている。眉をひそめ、次に警備責任者のカルロに電話をした。「シニョリーナ・アーガイルと息子はまだ妹のところだと聞いているが？」

「そのとおりです。妹さんは運転手に、シニョリーナは五時にお屋敷に戻る予定だと伝えたそうです」

リックは時計を見た。四時半だ。

「妹が電話に出ないんだ。悪いが、妹の家を訪ねてくれないか？　話をする必要がある。電話をくれと伝えてほしい」

「了解しました（ベーネ）」

一分後、リックの電話が鳴った。「クラウディア？　サミはまだそこにいるよな？　電話口に出してもらえるか？」

「残念だけど、彼女はもうここにはいないわ」

「じゃあ、どこなんだ？　僕は屋敷にいるが、彼女も息子も姿が見えない」

「聞いて、リック……」

クラウディアはためらっている。肺がぎゅっと締めつけられた。妹がこんなふうに話を始めるのは、何かを怖がっている証拠だ。「彼女はどこだ？」

「く、空港よ……」言葉につかえた。

やっぱり。「出発の時間は？」

「五時」

「航空会社は？」

「トランスイタリア、ニューヨーク行きよ。怒らないで。エリアナの父親が赤ちゃんに危害を加えるかもしれないと思って――」

「サミの思考回路がどうなっているかはよくわかっている」リックは妹をさえぎった。

「だが、僕は彼女が知らないことを知っているし、何もかももう心配ないんだ。あとで全部話すよ」電話を切ったリックは、次にカルロに連絡した。「すぐに空港へ行って、五時発のニューヨーク行きトランスイタリア航空の離陸をとめてくれ。シニョリーナ・アーガイルと息子がそれに乗っている」

「ですが、どうやって？」カルロのとまどいが伝わってくる。

「妹はありとあらゆるごまかしのテクニックを知っている。それを出し抜くんだ。僕はヘリコプターで行く。現地で会おう」屋敷の裏手にあるヘリポートに向かう途中、彼はマリオに電話をした。「シニョリーナ・アーガイルの部屋にある荷物をすべてまとめて、僕の専用機に大至急運ばせろ」

「こちらです、シニョーラ」客室乗務員が後部のエコノミークラスの窓側の席にサミを案内した。

移動続きで赤ん坊はすっかり目覚めていた。往路ではいっこうに動じる様子はなかったのに、今では別人のようで、癇癪がどんどんひどくなっていく。

席につくとすぐにベビーバスケットから抱きあげ、背中をとんとんとたたいた。「もうすぐおうちよ、おちびちゃん」自分自身あんまり泣きすぎて、今では涙も涸れてしまったと思っていた。だが、大泣きする息子を見て、また涙があふれだした。

座席はたちまちいっぱいになった。満席のようだ。パットは予約を取るのに相当苦労したに違いない。本当にここから発てるのだろうか。まるで心が体から引きちぎられるような気分だ。

リックの性格を考えれば、もちろんまた会うことになるはずだが、彼がリノへ来る時間が取れるころにはもう結婚しているだろう。エリアナとその父親との問題も解決し、一族の名誉を守り抜くに違いない。でも、私との関係は二度と元には戻らない。

一緒に過ごした一週間の出来事が映画のように脳裏に映し出され、サミの心を切り刻んだ。シートベルトの着用サインが点灯したのがとどめだった。もうこれでおしまい。

サミは息子をベビーバスケットに戻し、ベルトを締めた。息子は気に入らないようだった。マザーバッグから哺乳瓶を取り出してから自分のシートベルトを締め、息子の口に近づける。しかし、興味を示さず、抵抗した。

サミはあきらめた。離陸さえすれば抱っこをして落ち着かせることができる。息子に指を握らせ、これで気をまぎらせてくれるように祈った。そのとき、隣に座っている軍服姿の男性がサミにほほえみかけた。

「やあ。僕はゲイリーだ」

まさにヒーロータイプだわ。角刈りのその顔はどこから見てもアメリカ人だ。サミは思わずほほえみ返した。「私はサミよ。この子は息子のリック」

「とてもかわいいね」

「ありがとう。機嫌のいいときはもっとかわいいんだけど」

相手の返事は耳に入らなかった。なぜなら、乗客にはこれっぽっちも見えない地味なスーツ姿のイタリア人男性が二人、こちらへ近づいてくるのが見えたからだ。

接近するにつれ、一人が誰かに気づき、サミは小さく息をもらした。リックのボディガードだ。胸の鼓動がおかしくなったように速くなった。

男性たちは急ぎ足で彼女のもとにやってきた。「シニョリーナ・アーガイル？　搭乗前に拝見したあなたのパスポートに問題がありまして。警察署長の命により、一緒に来ていただく必要があります」

これにはコレッティ署長も一枚噛んでいるの？

隣の兵士が目を見開くと席を立ち、通路に出て場所をあけた。ボディガードの一人がマザーバッグを持ち、もう一人がベビーバスケットを持ちあげた。

「がんばって」前を通るサミに兵士が声をかけた。

しかし、サミには何も言えなかった。ボディガードたちの背後にもう一人男性が立っていたのだ。きらきら輝く漆黒の瞳は見違えようがなかった。

「リック！」

膝から力が抜けたことに気づいたに違いない。すぐにリックがたくましい腕を体に回してきた。「僕につかまって、ダーリン。しっかりしがみついて、二度と放さないことだ」

「これはどういうこと？」サミはうめくように尋ねた。

リックは彼女の髪に顔をうずめた。「つまり、もう君に結婚を申しこめる立場になったということさ。今すぐイエスと言わないと、一生、いや、死んでも後悔するぞ」

サミはすぐさまリックに飛びついて唇を押しつけた。ずっと耐え忍んでいたせいで、もう思いを抑えきれなかった。

乗客たちが拍手を始めた。口笛まで聞こえてきた。歓声の陰で、死者さえ起こすほどの大声で息子が泣きだすのが聞こえた。でも、今だけは私の気持ちを優先させて。

「愛してるわ、エンリコ・アルベルト・デジェノーリ十三世。でも、そのことはずっと知っていたはずよ」

「サミ、僕の宝物。君が大好きだ」

そのとき、咳払いが聞こえた。

「閣下」ボディガードの一人がささやいた。「降りないと飛行機が出発できません」

サミは幸せいっぱいの気分で笑った。「爵位を返上するのは思った以上にむずかしそうね」

「まわりのみんながこだわっている限りはね。とにかく、もう一度キスしてくれ」

三日後、サミは新郎とともにパフォスの教会の通路を歩きながら、両側に並ぶ家族や親しい友人たちにほほえみかけた。息子はパットに抱かれている。サミが姉を見たとき、一瞬、二人は目と目で会話をした。

二人とも、電話でのパットの警告を覚えていた。〝やめておけばよかったと後悔するはめになるかもしれないわ。世の中、あなたみたいな善人ばかりじゃないのよ、サミ。あなたが傷つくのを見たくないの〟ねえ、あれは本当にたった十日前のことなの？

パットがサミに投げキスをした。リックのおじいさんを探しに行ったあなたは正しかった。運命の相手に出会う道を選んだのよ。

サミはにっこりほほえんだ。

教会の裏の扉が開き、日差しが差しこんだ。結婚式には最高の日和！　サミは、人生をともに歩む約束をしたハンサムな男性を見あげた。あふれる彼への愛を抑えきれなかった。

「ああ、リック……」

「わかってる」リックがサミの心を読んで言った。「すぐにでも二人きりになりたい」

「あと何枚か写真を撮って、赤ちゃんにキスをしたら行きましょう」

全員が二人に続いて外に出てきた。たくさんの抱擁とキス。だが、リックが息子から離れがたく思っていることは一目瞭然だった。嫉妬しても不思議はないのに、サミにそういう感情はなかった。

とうとう二人は車の後部座席に乗りこみ、ヴィトーが二人をクルーザーの待つ港へ送った。二人が船に乗りこむのに手を貸したヴィトーは、まずサミを、それから兄を抱き締めた。そしてリックに言った。「ドナータに話をしたよ。みんなと一緒にここへ引っ越すことに大喜びしていた」

リックは弟を力いっぱい抱き返した。

キャビンに入ると、サミは彼の顔を両手で包んだ。「いったいどうやって事をおさめたの？」

「あとで話すよ。まずは君のウエディングドレスを脱がせたい。今日の君は金と白に彩られた天使みたいだった」不服そうにとがらせたサミの唇に、リックがキスをした。「だが、ドレス姿の君を見た瞬間から、それを脱がせたくてたまらなくなったことを告白しよう」

サミはいたずらっぽく笑った。「私も打ち明けないといけないことがあるわ。この果てしない十一カ月間、雪崩の日に私を抱いた人の腕にまた抱かれたいとずっと願ってきたの。あのときの私たちには、お互いの存在とわずかな空気しかなかった。あのひとときを何度でも再現したい。永遠に」

リックの黒い瞳が炎と化した。サミはベッドへ運ばれながら、あふれる情熱で満たされ、もう隠す必要がない愛をこめて彼を抱き締めた。

欲望に翻弄され、互いに喜びを与え合ううちに、二人は時間を忘れた。闇の中で姿を見ることができなかったいとしい人は、今や私の夫なのだ。リックの愛の炎はサミを歓喜で焼いた。数時間後、二人はようやく夢から覚め、あたりがすっかり暗くなっているのに気づいた。

サミはリックの上に体を重ねるようにして、顎の横に頬をすり寄せた。「うーん、ちくちくして気持ちいい。暗くても明るくても、あなたのすべてを愛しているわ」

リックが低い声で笑い、サミはぞくりとした。「それでもここはあの日ほど暗くない。充分君が見えるから、また欲しくなってきたよ。君への欲望は底なしなんだ」

「ということは、お互いさまね」サミは思わず声をあげた。

「一つききたいんだが」リックがお気に入りの場所にキスをした。「あの兵士、君に色目を使っていたのかい？」

サミは顔を上げた。「兵士って？　飛行機に乗っていた？」

「ほかにも誰かいるのか？」

嫉妬のにじんだ言い方に、サミは噴き出した。「いいえ。私たちの息子を見て、とてもかわいいと言ってくれただけよ」

「じゃあ許そう」

「ダーリン」サミはむさぼるようにリックにキスをした。「ヴィトーの計画について教えて」

リックはごろりと体を反転させ、サミを見おろした。「デジェノーリ家の屋敷とクラウディアの家を含め、財産をすべてエリアナの父親に渡したら、父の負債は全部返済できたんだ」

「全財産を？」

「父の破滅はエリアナの父親の策略だったわけだが、そのことについてはもう話したくない。それより朗報は、ヴィトーが僕とビジネスを始めることを承知してくれたことだ。母の遺産を使って、新しく船便を運航しようと思っている」

サミはリックの顔にキスの雨を降らせた。「弟さんと仲よくやっていくことがあなたにとってどんなに大きな意味があるか、よくわかっているわ」

「そう言ってくれると思った。僕たちが力を合わせて働き、自らの手で新しいデジェノーリ帝国を築いていくのを見るのは、きっと楽しいと思う。妹も弟もここパフォスに家を買い、みんなで一緒に暮らすことになる」

「完璧ね。でも、一つだけ気になっていることがあるの。エリアナのことは何も話してくれないけど?」

「エリアナの父親が僕を娘に近づけようとしなかったからだ。話し合いがすんだあと、父親から聞いたところでは、エリアナは今、ショックから回復するために、トリノにあるルドルフォ公爵の冬用の別荘で過ごしているらしい」

「ずいぶんな話ね」

「そうかな。彼女は僕に息子がいたことに耐えられなかった。それは当然だと思う。ルドルフォ公爵は彼女の好みのタイプだし、彼女にふさわしい。公爵が結婚相手なら申し分ないだろう。伯爵よりはるかにいいさ」

「リック……」サミはリックの肩に顔をうずめた。

「だが、その話はもう全部忘れたい。大事なのは君だけだ。僕がずっと願っていたように、君はイタリアに来てくれた。何物にも代えがたい、喜びに満ちたすばらしいクリスマスプレゼントを持って。きっと僕の意志が君をここに呼び寄せたんだ」

サミは息がつまった。「そうね、きっと。自分の意志より強い力を感じたわ。私と赤ちやんにはどうしてもあなたが必要だったのよ」

「だったら、もう一度それを証明してくれ、サミ。僕はもう君なしでは生きられない」

私だって、あなたなしでは生きられない。

そう、私だって。

●本書は、2013年12月に小社より刊行された作品を文庫化したものです。

伯爵が遺した奇跡

2023年12月1日発行　第1刷

著　者　レベッカ・ウインターズ

訳　者　宮崎亜美（みやざき　あみ）

発行人　鈴木幸辰

発行所　株式会社ハーパーコリンズ・ジャパン
東京都千代田区大手町1-5-1
03-6269-2883（営業）
0570-008091（読者サービス係）

印刷・製本　中央精版印刷株式会社

 ISBN978-4-596-52902-2

11月24日発売

ハーレクイン・シリーズ 12月5日刊

ハーレクイン・ロマンス

愛の激しさを知る

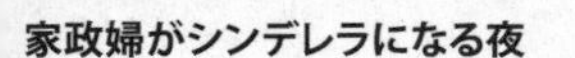

家政婦がシンデレラになる夜 アビー・グリーン／児玉みずうみ 訳

シチリア富豪の麗しき生け贄 ケイトリン・クルーズ／雪美月志音 訳
《純潔のシンデレラ》

偽りの復縁 シャンテル・ショー／柿原日出子 訳
《伝説の名作選》

イヴの純潔 キム・ローレンス／吉村エナ 訳
《伝説の名作選》

ハーレクイン・イマージュ

ピュアな思いに満たされる

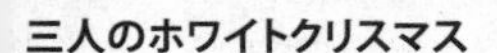

三人のホワイトクリスマス ジェニファー・テイラー／泉　智子 訳

初恋の夢のあとで マーガレット・ウェイ／山本みと 訳
《至福の名作選》

ハーレクイン・マスターピース

世界に愛された作家たち
～永久不滅の銘作コレクション～

恋をするのが怖い ペニー・ジョーダン／槙　由子 訳
《特選ペニー・ジョーダン》

ハーレクイン・ヒストリカル・スペシャル

華やかなりし時代へ誘う

公爵に恋した身代わり花嫁 エヴァ・シェパード／高山　恵 訳

ハイランドの白き花嫁 テリー・ブリズビン／すずきいづみ 訳

ハーレクイン・プレゼンツ作家シリーズ別冊

魅惑のテーマが光る極上セレクション

愛は脅迫に似て ヘレン・ビアンチン／萩原ちさと 訳

The Christmas Love Stories

巻末に特別付録！

“ベティ・ニールズ全作品リスト”
一挙掲載！

大作家の多彩なクリスマス・アンソロジー

白雪の英国物語

聖夜に祈りを
ベティ・ニールズ

永遠のイブ
リン・グレアム

秘めつづけた初恋
テリー・ブリズビン

11/20刊

ハーレクイン文庫

「やどりぎの下のキス」

ベティ・ニールズ／南　あさこ　訳

病院の電話交換手エミーは高名なオランダ人医師ルエルドに書類を届けたが、冷たくされてしょんぼり。その後、何度も彼に助けられて恋心を抱くが、彼には婚約者がいて…。

「あなたに言えたら」

ステファニー・ハワード／杉　和恵　訳

3年前、婚約者ファルコとの仲を彼の父に裂かれ、ひとりで娘を産み育ててきたローラ。仕事の依頼でイタリアを訪れると、そこにはファルコの姿が。まさか娘を奪うつもりで…？

「尖塔の花嫁」

ヴァイオレット・ウィンズピア／小林ルミ子　訳

死の床で養母は、ある大富豪から莫大な援助を受ける代わりにグレンダを嫁がせる約束をしたと告白。なすすべのないグレンダは、傲岸不遜なマルローの妻になる。

「天使の誘惑」

ジャクリーン・バード／柊　羊子　訳

レベッカは大富豪ベネディクトと出逢い、婚約して純潔を捧げた直後、彼が亡き弟の失恋の仇討ちのために接近してきたと知って傷心する。だが彼の子を身ごもって…。

「禁じられた言葉」

キム・ローレンス／柿原日出子　訳

病で子を産めないデヴラはイタリア大富豪ジャンフランコと結婚。奇跡的に妊娠して喜ぶが、夫から子供は不要と言われていた。子を取るか、夫を取るか、選択を迫られる。

「悲しみの館」

ヘレン・ブルックス／駒月雅子　訳

イタリア富豪の御曹司に見初められ結婚した孤児のグレイス。幸せの絶頂で息子を亡くし、さらに夫の浮気が発覚。傷心の中、イギリスへ逃げ帰る。1年後、夫と再会するが…。

ハーレクイン文庫

「身代わりのシンデレラ」

エマ・ダーシー／ 柿沼摩耶　訳

自動車事故に遭ったジェニーは、同乗して亡くなった友人と取り違えられ、友人の身内のイタリア大富豪ダンテに連れ去られる。彼の狙いを知らぬまま美しく変身すると…？

「条件つきの結婚」

リン・グレアム／ 槙　由子　訳

大富豪セザリオの屋敷で働く父が窃盗に関与したと知って赦しを請うたジェシカは、彼から条件つきの結婚を迫られる。「子作りに同意すれば、２年以内に解放してやろう」

「非情なプロポーズ」

キャサリン・スペンサー／ 春野ひろこ　訳

ステファニーは息子と訪れた避暑地で、10年前に純潔を捧げた元恋人の大富豪マテオと思いがけず再会。実は家族にさえ秘密にしていた――彼が息子の父親であることを！

「ハロー、マイ・ラヴ」

ジェシカ・スティール／ 田村たつ子　訳

パーティになじめず逃れた寝室で眠り込んだホイットニー。目覚めると隣に肌もあらわな大富豪スローンが！　関係を誤解され婚約破棄となった彼のフィアンセ役を命じられ…。

「結婚という名の悲劇」

サラ・モーガン／ 新井ひろみ　訳

３年前フィアはイタリア人実業家サントと一夜を共にし、妊娠した。息子の存在を知った彼の脅しのような求婚は屈辱だったが、フィアは今も彼に惹かれていた。

「涙は真珠のように」

シャロン・サラ／ 青山　梢　他　訳

癒やしの作家Ｓ・サラの豪華短編集！　記憶障害と白昼夢に悩まされるヒロインとイタリア系刑事ヒーローの純愛と、10年前に引き裂かれた若き恋人たちの再会の物語。

ハーレクイン文庫

「過ちの代償」

キャロル・モーティマー／澤木香奈　訳

妹の恋人の父で大富豪のホークに蔑まれながら、傲慢な彼の魅力に抗えず枕を交わしたレオニー。9カ月後、密かに産んだ彼の子を抱く彼女の前に、突然ホークが現れる！

「運命に身を任せて」

ヘレン・ビアンチン／水間　朋　訳

姉の義理の兄、イタリア大富豪ダンテに密かに憧れるテイラー。姉夫婦が急逝し、遺された甥を引き取ると、ダンテが異議を唱え、彼の屋敷に一緒に暮らすよう迫られる。

「ハッピーエンドの続きを」

レベッカ・ウインターズ／秋庭葉瑠　訳

ギリシア大富豪テオの息子を産み育てているステラ。6年前に駆け落ちの約束を破った彼から今、会いたいという手紙を受け取って動揺するが、苦悩しつつも再会を選び…。

「結婚から始めて」

ベティ・ニールズ／小林町子　訳

医師ジェイスンの屋敷にヘルパーとして派遣されたアラミンタは、契約終了後、彼から愛なきプロポーズをされる。迷いつつ承諾するも愛されぬことに悩み…。

「この夜が終わるまで」

ジェニー・ルーカス／すなみ　翔　訳

元上司で社長のガブリエルと結ばれた翌朝、捨てられたローラ。ある日現れた彼に100万ドルで恋人のふりをしてほしいと頼まれ、彼の子を産んだと言えぬまま承諾する。

「あの朝の別れから」

リン・グレアム／中野かれん　訳

2年前、亡き従姉の元恋人、ギリシア富豪レオニダスとの一夜で妊娠したマリベル。音信不通になった彼の子を産み育ててきたが、突然現れた彼に愛なき結婚を強いられ…。